KB234336

꿈을 꾸지 않는다
디어 프렌드의
청춘 돼지는

카모시다 하지메 지음
미조구치 케이지 일러스트
이승원 옮김

미토 미오리

사쿠타와 같은 대학에 다니는, 스마트폰이 없는 여자 대학생.
일반 교양 과목의 친목회 자리에서 사쿠타와 만났다.
마이와도 외국어 수업을 같이 들으면서 가까워졌다.

아즈사가와 사쿠타

디자인 ● 키무라 디자인 랩

청춘 돼지는 디어 프렌드의 꿈을 꾸지 않는다

카모시다 하지메 **지음**
미조구치 케이지 ● **일러스트**
이승원 **옮김**

너를 만나지 말 걸 그랬어.

키리시마 토코 『Turn The World Upside Down』 발췌

제1장

Turn The World Upside Down

1

그날, 아즈사가와 사쿠타는 시치리가하마 해변의 하늘 아래에 있었다.

4월 9일. 일요일.

날씨는 맑음.

태양이 서서히 서쪽으로 기우는 시각.

아직 빈 자리가 있는 남아있는 바닷가 주차장.

에노시마가 한눈에 보이는 경치를 향해 관광객들이 스마트폰의 카메라를 든 가운데, 사쿠타만이 바다를 등지고 있었고 그의 시선은 주차장 한가운데에 있는 세련된 카페를 향하고 있었다.

사쿠타가 그 카페의 문을 열자…….

"어서 오세요."

활기찬 목소리가 가게 안에 울려 퍼졌다. 사쿠타가 익히 아는 목소리였다.

주문 카운터에 서 있는 이는 바로, 앞치마를 걸친 미오리였다.

사쿠타와 눈을 마주친 그녀는 입술을 비틀며 인상을 썼다. 하지만 사쿠타가 주문 카운터 앞으로 이동하는 사이, 미오리는 붙임성 좋은 점원으로 되돌아왔다.

"주문하실 메뉴는 정하셨나요?"

미오리는 마치 사쿠타를 모르는 듯한 태도를 보이며 그렇게 물었다.

"아이스 카페라테와 로코모코 보울 주세요."

사쿠타 또한 주눅 들지 않으며 담담한 어조로 주문했다.

"더 주문하실 건 없으신가요?"

"저기, 미토."

"내가 아르바이트하는 곳에 일부러 찾아왔다는 건, 토코를 만날 방법을 찾으셨다는 걸까요?"

사쿠타가 무슨 말을 하기도 전에, 미오리가 먼저 핵심을 찌르는 발언을 했다.

"찾았어. 그러니, 지금부터 만나러 가자."

사쿠타는 당황하지 않으며, 자기가 할 말을 입에 담았다.

"보다시피 아르바이트 중이에요."

"끝날 때까지 기다리겠어. 몇 시까지 해?"

"한참 더 해야 하는데요."

미오리는 사쿠타의 눈을 똑바로 쳐다보면서, 그만 포기하란 투로 그렇게 말했다.

"어라? 미토 양은 30분 후면 끝나지 않아?"

퉁명한 태도인 미오리의 뒤편에서 모습을 드러낸 건, 이 가게의 점장으로 보이는 남성 스태프였다. 「아이스 카페라테가 먼저 나왔습니다」 하고 말한 그는 잔이 놓인 쟁반을 사쿠타에게 내밀었다. 그리고 힘내라고 말하는 듯한 눈빛을 사쿠타에게 보낸 후, 점장으로 보이는 스태프는 부엌으로 들어갔다.

미오리는 원망하는 듯한 눈길로 그 뒷모습을 쳐다봤다. 「괜한 짓을 하기는」하고 눈으로 말하고 있었다.

하지만, 곧 사쿠타를 향해 고개를 돌리더니…….

"30분은 더 일해야 하는데요."

……하고, 뻔뻔한 어조로 말했다.

"열심히, 30분 기다리겠어."

뒤이어 나온 로코모코 보울을 먹으면서 창밖에 펼쳐진 저녁노을에 물든 바다를 바라보다 보니, 30분은 순식간에 흘렀다.

그리고 미오리가 옷을 갈아입느라 10분 정도 더 기다린 후, 사쿠타는 그녀와 함께 가게를 나섰다. 바로 그때, 등을 통해 뜨뜻미지근한 시선이 느껴졌다.

"점장님은 나와 아즈사가와의 관계를 착각하고 있을 거야."

"사귀기 직전에 다툰 탓에 사이가 서먹해진 두 사람……이라고 생각하는 걸지도 모르겠네."

"뭐, 거북한 사이인 건 맞잖아."

"그래?"

"그러고 보니 이 사람은 정말 무신경했지."

사쿠타가 옆을 쳐다보니, 미오리는 웃고 있었다.

웃으면서, 두 사람의 발걸음은 자연스럽게 바다 쪽으로 향했다.

주차장 한가운데에 존재하는 카페에서 벗어난 후, 방파제를 따라 잠시 걸었다.

하늘에는 오늘도 새가 있었으며, 우아하게 사쿠타의 머리 위를 돌고 있었다.

"저기, 미토."

"응～?"

"미토는 정말, 키리시마 토코를 만나고 싶은 거야?"

"어제, 그렇게 말했잖아요?"

미토는 연극 배우 같은 어조로 그렇게 말했다.

"그럼, 왜 아까 거짓말을 한 건데? 아르바이트를 한참 더 해야 한댔잖아."

"오늘은 빨리 돌아가서 방 청소를 하고 싶었거든요."

미오리의 태도에는 변함이 없었다.

"실은, 만나고 싶지 않은 거 아냐?"

"슬슬 겨울옷도 정리하고 싶네."

미오리의 시선은 앞에 있는 에노시마를 향하고 있었다.

"미토는 키리시마 토코를 만나기 위해, 현실을 바꾼 게 아니야."

"……."

미오리의 눈길이 사쿠타를 향했다. 걸음 또한 멈췄다.

"미토는 도망치고 또 도망친 끝에, 지금의 현실에 도달한 거지?"

사쿠타도 말을 멈추면서 걸음을 멈추더니…… 먼저 멈춰 선 미오리를 돌아봤다.

미오리의 눈이 사쿠타를 똑바로 바라보고 있었다.

"도망치다니, 무엇으로부터 말이야?"

미오리는 뒤늦게 짤막한 질문을 던졌다.

바람이 조금만 강했다면, 들리지 않았을지도 모를 만큼 가녀린 목소리였다.

"물론, 키리시마 토코한테서야."

그것이 바로, 아무리 현실을 바꾸더라도 미오리가 키리시마 토코가 살아있는 현실에 도달하지 못했던 이유. 도달하지 못하는 이유.

"……."

미오리는 별다른 반응을 보이지 않았다.

방금 그 말이 어떤 의미인지, 미오리가 이해 못 했을 리 없다. 그렇기에, 아무런 반응도 보이지 않는다는 점이 사쿠타에게는 의외였다.

도망친 사실을 지적하면, 미오리가 즉시 반발하리라고 생각했다. 그럴 리 없다면서 말이다.

정곡을 찔려 동요했다는 사실을 숨기기 위해, 사쿠타를 비난하리라고 생각했다.

혹은, 미소를 머금으며 화제를 돌릴 거라고…….

하지만, 현실은 어떤가.

양쪽 다 아니었다.

당황한 사쿠타를 똑바로 쳐다보기만 하던 미오리는…….

"들켰네~."

……하고 말하며 부끄러운 듯이 웃었다. 그리고 멋쩍은 듯이 시선을 돌렸다.

"……너도 알고 있었던 거야?"

목소리에서 약간의 경악이 묻어났다.

사쿠타가 확인을 물었지만, 미오는 고개를 끄덕이거나 젓지 않았다.

그저, 평소처럼 애매한 미소를 머금었다.

그것이, 사쿠타에게의 대답이었다.

"아즈사가와는 『Turn The World Upside Down』이란 곡을 알아?"

"마이 씨가 음악 페스티벌에서 불렀던 노래잖아."

"맞아. 그 곡의 가사는 이래. 『너를 만나서 다행이야. 나는 그렇게 생각 안 해. 운명의 사람은 이제 어디에도 없어. 하지만, 너와 들은 사랑의 노래가 이렇게 말해. 분명 또 만날 수 있을 거라네. 미아가 되는 것을 무서워하지 마. 아침이 되면 문을 열고 나가자. 하지만, 미래는 누구도 증명 못 하잖아? 분명 내일도 나는 외톨이. 너와 반반씩 나누지 못하고, 가슴 속은 쭉 공허한 채. 이런 마음을 느낄 줄 알았으면 너를 만나지 말 걸 그랬어』……."

미오리는 조용하면서도 담담한 목소리로, 가사를 처음부터 끝까지 읊었다.

"전부 기억하고 있구나. 역시 진짜 답네."

"이건, 토코가 마지막으로 쓴 가사야."

"……."

마지막, 이라고 말하는 미오리의 목소리에서는 희미한 습기가 느껴졌다.

미오리의 표정 또한, 평소의 메마른 표정과 달랐다.

"그날, 사고를 당하기 직전에 쓴 걸 거야. 병원으로 옮겨진 토코의 가방 안에서, 나와의 교환 일기가 나왔는데…… 가장 최근인 12월 24일의 페이지에 적혀 있었어."

"미토에게는, 그녀로부터의 마지막 말인 거구나."

"정말, 나 같은 애와는 만나지 않는 편이 좋았을 거야."

"……."

"그랬으면, 카레 호빵을 부탁받아서, 죽지도 않았을 거야."

"……."

"나는 화해할 생각이었지만, 토코는 달랐나 봐."

그 가사는 그렇게 말하고 있다.

미오리는 그렇게 생각하는 것이다.

"하긴, 그럴 거야. 나, 다투면서 이런 말을 했어. 어차피 토코가 만든 곡은 아무도 들어주지 않을 거다, 비웃음만 살 뿐이다, 라고 말이야. 토코는 부모님의 밭을 이어받아서, 차나 만들라고 말했어."

"그랬더니, 그녀는 뭐라고 했어?"

"『무리한 부탁을 해서 미안해』 하고 쓸쓸한 표정으로 말하더니…… 헤어지는 순간에 『하지만, 미오리가 알아줬으면 했어』 하고 말하면서, 더 쓸쓸한 표정을 지었어."

미오리는 자기 잘못을 부끄러워하듯 더욱 애매한 미소를 머금었다. 당혹과, 쓸쓸함과, 그것을 얼버무리는 듯한 감정이 뒤섞이면서 미오리의 표정을 잿빛으로 물들였다.

"이런 저와, 아직도 친구가 되고 싶나요?"

사쿠타는 시선을 잠시 떼더니, 방파제에 걸터앉았다. 그리고 본론을 꺼내기 위해, 천천히 입을 열었다.

"저기, 미토."

"왜?"

"어째서, 그 곡만 짧은 거야?"

"가사가 그게 다였었거든."

사쿠타의 갑작스러운 질문에도, 미오리는 의문을 품지 않으며 아무렇지 않게 답했다.

"어째서, 그 곡만 페이드아웃으로 끝나는 거야?"

"……."

첫 번째 질문과는 대조적으로, 미오는 두 번째 질문에 바로 답하지 않았다. 의도적인 침묵처럼 보이지는 않았다. 그저 답을 모르는 듯한 반응이었다.

"혹시, 가사는 그것뿐이지만 곡은 더 이어지지 않았어?"

"……."

미오리의 눈동자가 희미하게 흔들렸다.

"내 말이 맞지?"

"왜, 왜 그렇게 생각하는 거야?"

이번에는, 명확한 의문이 되돌아왔다. 미오리의 의지가 담긴 의문이었다.

그리고, 미오리가 의문을 품었다는 사실 자체가 사쿠타에게 있어서는 대답이 됐다.

일부러 되물어본 것을 보면, 그 곡에는 이어지는 부분이 있다.

"그녀가, 답을 가르쳐줬거든."

기대듯 앉아있던 방파제에서 몸을 일으킨 사쿠타는 바다 쪽을 쳐다봤다. 아래편의 모래사장에서는 아는 사람이 사쿠타를 올려다보고 있었다.

미네가하라 고등학교의 교복을 입은 여학생. 쇼코다.

"뭐?"

미오리가 영문을 모르겠다는 표정을 짓더니, 사쿠타를 따라 바다 쪽으로 고개를 돌렸다.

시선은 사쿠타와 마찬가지로 모래사장을 향하고 있었다.

이쪽을 올려다보고 있는 쇼코를, 미오리는 발견했다.

쇼코의 시선 또한, 미오리를 향했다.

쇼코의 발치에는, 위에서 봐도 한눈에 알 수 있을 만큼 큰 글씨로 『Turn The World Upside Down』의 가사가 한 줄씩 적혀 있었다.

"……어?"

미오리가 의아한 표정을 짓는 것도 무리는 아니었다.

한눈에는 뭐가 어떻게 된 건지 파악할 수 없는 상황이었다.

그런 미오리에게…….

"만나서 반가워요. 마키노하라 쇼코라고 해요!"

방파제 위까지 들릴 만큼 큰 목소리로, 쇼코가 인사를 건넸다.

"……."

미오리의 눈썹이 파르르 흔들렸다.

놀란 나머지 눈을 치켜뜬 채, 쇼코에게서 눈을 떼지 못했다.

아마 토코의 어머니에게 받은 편지로 『마키노하라 쇼코』라는 이름을 접했을 것이다. 하지만, 이렇게 만나는 날이 올 것이라고는 생각도 못 했다. 그런 반응이었다.

"저는, 키리시마 토코 씨에게 미래를 받았어요."

쇼코가 가슴에 양손을 상냥히 올렸다.

심장을 기증해준 토코에게 감사하는 것처럼.

그 마음을 소중히 여기는 것처럼.

"토코를 만나러 가자는 게, 이런 의미였구나."

그렇게 중얼거린 미오리는 사쿠타를 힐끔 쳐다봤다. 약간 난처해 보이는, 평소 같은 표정을 지으면서 말이다.

"아직 절반이야."

사쿠타가 모호하게 답하자, 미오리는 또 영문을 모르겠다는 표정을 지었다.

미오리는 곧 입을 벌렸다.

하지만 미오리가 의문을 입에 담기 전에, 모래사장에 서 있는 쇼코의 목소리가 들려왔다.

"이 가사를, 읽어주세요."

가사의 첫머리 부분에 서 있는 쇼코가, 위쪽에서 아래쪽으로 걸어갔다.

너를 만나서 다행이야.

나는 그렇게 생각 안 해.

운명의 사람은 이제 어디에도 없어.

하지만, 너와 들은 사랑의 노래가 이렇게 말해.

분명 또 만날 수 있을 거라네.

미아가 되는 것을 무서워하지 마.

아침이 되면 문을 열고 나가자.

하지만, 미래는 누구도 증명 못 하잖아?

분명 내일도 나는 외톨이.

너와 반반씩 나누지 못하고,

가슴 속은 쭉 공허한 채.

이런 마음을 느낄 줄 알았으면

너를 만나지 말 걸 그랬어.

천천히 모래 위를 걷던 쇼코가, 마지막 줄에서 멈춰 섰다.

"이 가사가 어때서?"

미오리가 사쿠타에게 물어봤다.

"이 곡의 제목이 뭐야?"

사쿠타는 질문에 질문으로 답했다.

"『Turn The World Upside Down』."

"제목의 의미는 뭐라고 생각해?"

사쿠타는 또 질문을 입에 담았다.

"세상을 거꾸로 뒤집는다, 아닐까?"

"아마 키리시마 토코도 그런 생각으로 그 제목을 붙였을 거야. 사람은 좋아하는 것을 싫어하게 되기도 하고, 그 반대도 있을 수 있잖아."

"……뭐?"

미오리는 아직도 이해 못 한 건지, 당혹스러운 표정으로 사쿠타를 쳐다봤다.

"말을 하도 많이 돌려대서 짜증이 치솟거든요?"

그리고 주저없이 불평을 털어났다.

그런 미오리에게…….

"미오리 씨."

모래사장에 있는 쇼코가 말을 건넸다.

미오리가 자신을 쳐다볼 때까지 기다린 후, 쇼코는 말을 이었다.

"이번에는 이쪽에서부터 가사를 한 줄씩 읽어주세요."

쇼코가 서 있는 곳은 모래사장에 쓴 가사의 마지막 줄이다.

거기서부터, 천천히 오른편으로 걸어갔다.

가사의 역재생.

"아."

곧, 미오리의 입에서 감탄의 신음이 흘러나왔다.

"……."

이어서 짤막한 침묵이 미오리를 감쌌다.

그 직후, 미오리의 입술이 살며시 벌어졌다.

작게, 그리고 크게 숨을 들이마셨다.

그리고, 그 입술 사이에서 노랫소리가 흘러나왔다.

미오리의 노래는 처음 듣는다.

하지만, 사쿠타는 그 노랫소리가 귀에 익었다.

들은 적이 있어서다.

동영상 사이트에 올라온 『키리시마 토코』의 노랫소리 그 자체다.

진짜, 진정한 『키리시마 토코』가, 지금, 사쿠타의 눈앞에 있다.

노래하고 있는 건, 아직 누구도 들은 적 없는 『키리시마 토코』의 곡.

하지만, 가사는 귀에 익었다.

그러나, 노래하는 순서가 반대였다.

세상이 뒤집힌 것이다.

너를 만나지 말 걸 그랬어.

이런 마음을 느낄 줄 알았으면

가슴 속은 쭉 공허한 채.

너와 반반씩 나누지 못하고,

분명 내일도 나는 외톨이.

하지만, 미래는 누구도 증명 못 하잖아?

아침이 되면 문을 열고 나가자.

미아가 되는 것을 무서워하지 마.

분명 또 만날 수 있을 거라네.

하지만, 너와 들은 사랑의 노래가 이렇게 말해.

운명의 사람은 이제 어디에도 없어.

나는 그렇게 생각 안 해.

너를 만나서 다행이야.

노래를 마친 순간, 눈물이 미오의 볼을 적셨다.

지금도, 눈물이 흘러내리고 있었다.

눈물이 나지 않았다고 말했던 미오리가…….

오늘까지, 울 수 없었던 미오리가 울고 있다.

그래도, 표정에는 변함이 없었다. 눈물만이 흐르고 있었다.

"저기, 아즈사가와."

"왜?"

"나는 토코를 잃었을 때, 어떻게 해야 했을까?"

"이미 알고 있잖아?"

"그럴까?"

"아니까, 미토는 울고 있는 거야."

토코를 떠올리며 울면 됐다. 슬프다면, 슬퍼하면 됐다.

"……그래. 맞아."

그 말을 듣고 눈치챈 것처럼, 미오리는 볼을 타고 흘러내리는 눈물을 만졌다. 미오리의 표정이 슬픔에 조용히 젖어들며 일그러지더니…… 이윽고 그 자리에서 주저앉으며, 오열을 토해냈다.

"……토코. 토코…… 왜 죽은 거야. 왜…… 왜, 나를 두고, 왜……! 왜……!"

몇 번이나 「왜」란 말을 반복했고, 몇 번이나 「토코」란 이름을 입에 담았다.

그 말이 바람과 파도 소리가 감쌌다.

누구도 그 슬픔을 방해하지 못하게 하려는 듯이, 감싸주고 있었다.

　대체 미오리는 얼마나 오랫동안, 이러고 있었을까.

　5분일까. 10분일까. 아니면 그 이상일까…….

　모래사장에서 올라온 쇼코와 함께, 사쿠타는 미오리가 진정할 때까지 응시했다. 지금은 그것 말고는 할 수 있는 게 없었다.

　이윽고, 석양이 에노시마 너머로 가라앉았다.

　희미하게 남아있던 오렌지색 빛을 쬐며, 미오리는 조용히 몸을 일으켰다.

　볼은 아직 젖어있다.

　하지만, 눈물은 흘리지 않았다.

　사쿠타를 돌아보는 그 눈에서는 강한 의지가 느껴졌다.

　"아즈사가와."

　목소리 또한 또렷했다.

　"왜?"

　그래서, 사쿠타도 또렷한 목소리로 대답했다.

　미오리의 눈이 사쿠타의 눈을 응시했다.

　사쿠타의 눈 또한 미오리의 눈을 응시했다.

　두 사람 다 시선을을 피하지 않았다.

　눈을 돌리지 않으며, 사쿠타는 미오리의 말을 기다렸다.

　미오리의 입술이 천천히 움직였다.

　"토코를 돌려줘."

그 목소리에는 망설임이 어려있지 않았다.

겨우 미오리의 본심을 들은 것이다.

"……."

그렇기에, 사쿠타는 대답할 수 없었다.

고개를 끄덕일 수 없었다.

그 소망을 이뤄줄 수 있는 사람은, 사쿠타가 아니다.

미오리만이 할 수 있는 일인 것이다.

2

해질녘의 시치리가하마 해변에서 조용히 출발한 렌터카는, 정체에 휘말리지 않으며 순조롭게 나아갔다.

핸들을 쥔 사람은 사쿠타이며, 조수석에는 쇼코가 앉아 있었다. 뒷좌석에는 창밖의 경치를 말없이 응시하고 있는 미오리가 있었다.

"다음 교차로에서 오른쪽이에요."

스마트폰을 확인하며 세세하게 길을 안내해 주는 쇼코의 말에 따라, 사쿠타는 토츠카 인터체인지에서 고속도로로 차를 진입시켰다.

합류 지점에서 속도를 올리면서, 차량 행렬에 참가했다.

현재 시각은 오후 6시 30분. 하늘이 어둑어둑한 정적에 물들면서, 밤의 장막이 드리워지고 있었다.

차 안에서 들리는 것은 주행음, 그리고 고속도로의 단차를 타이어가 통과할 때 발생하는 진동음뿐이다.

별다른 대화를 나누지 않으며, 차를 몰고 있을 때였다.

"……고향의 유치원이었어."

뒷좌석에 앉아있던 미오리가 갑자기 입을 열었다.

"토코와 처음 만난 건……."

사쿠타가 백미러를 보니, 여전히 창밖을 멍하니 쳐다보고 있는 미오리의 얼굴이 눈에 들어왔다. 미오리의 입술은 계속 말을 자아내고 있었다.

"토코는 골목대장 같은 여자애였다니깐."

밤하늘과 같은 색깔을 띤 덧없는 목소리였다.

"남자애도 거침없이 꼬드겨서……."

기억을 파헤치듯…….

"밖을 뛰어다니며 놀았어."

단편을 퍼즐 조각처럼 맞추며…….

"애들 중심에서 웃는 아이였지."

미오리는 더듬더듬 조용히 말했다. 누군가에게 들려주거나, 누구에게 호소하는 것도 아니라, 그저 혼잣말을 하는 것처럼…….

"미토는 어땠어?"

그래서 사쿠타도 목소리 톤을 낮추면서, 혼잣말하듯 물었다.

"나는 멍하니 있는 애였어."

“…….”

미오리가 말을 멈춰도, 사쿠타는 재촉하지 않았다.

“처음에는 토코가 만든 그 무리에 들어가지 못했어.”

“…….”

조수석에서 이야기를 듣고 있는 쇼코 또한, 사쿠타와 마찬가지였다.

“혼자서 모래밭에서 놀면서 「참 시끄러운 애가 있네」 하고 생각했어.”

당시의 일을 떠올린 건지, 미오리는 웃음을 흘렸다.

“미토답네.”

어릴 적의 미오리는 모르지만, 왠지 그런 모습을 쉬이 상상할 수 있었다.

“하지만, 곧 토코의 눈에 띄었고…….”

“…….”

“눈이 마주치더니…….”

“…….”

“이쪽으로 뛰어와서…….”

“…….”

“『기운 내』 하고 대뜸 말하지 뭐야.”

“…….”

“『나, 기운 넘치거든?』 하고 대꾸했더니, 믿기지 않는단 표정을 지었어.”

그런 토코의 얼굴을 떠올린 건지, 미오리는 그리움에 사로잡히며 웃음을 터뜨렸다.

"그 후로 매일……."

"매일?"

"토코가 『미오리, 괜찮아?』 하고 물어봤어. 나는 그걸 좀 성가시게 생각하면서도…… 걔가 매일 묻는 순간을 기다렸던 것 같아. 당시에 집에 돌아가면, 엄마한테 토코 이야기만 했던 것 같거든."

사쿠타에게 보이는 건, 미오의 옆얼굴뿐이다.

미오리의 시선은 지금도 창밖을 향하고 있으며, 그곳에 토코와의 추억이 있기라도 한 것처럼 자세를 바꾸지 않고 앉아있었다.

"서로의 집이 의외로 가깝다는 걸 알게된 후로는 우리 엄마와 토코의 엄마도 친해졌어. 그리고 고향에서 축제가 열리면 가족이 함께 갔고…… 초등학교 운동회 때는 매년 함께 도시락을 먹었다니깐. 반도 쭉 같았거든."

"6년 동안 말인가요?"

"응. 6년 동안."

그 긴 세월을 곱씹듯, 미오리는 침묵에 젖어 들어갔다.

"교환 일기는 언제부터 시작했어?"

잠시 기다린 후, 사쿠타가 입을 열었다.

"초등학교 6학년 끝무렵이야."

미오리는 주저없이 그렇게 답했다. 기억을 뒤질 필요가 없는 사실. 미오리에게 있어, 그만큼 일상적인 기억이리라.

"졸업 직전에, 우리 반 애 중 한 명이 부모님에게 스마트폰을 선물 받았어. 그랬더니, 다들 앞다퉈 스마트폰을 사지 뭐야. 곧 졸업이니까, 그다지 친하지 않았던 애들 사이에서도 연락처를 교환하는 게 유행했어. 어차피 다들 같은 중학교에 가는 데도 말이지."

옛날의 자신들을, 미오리는 「바보라니깐」 하고 말하며 웃었다.

"하지만 토코만은 스마트폰이 없었어. 토코는 부모님에게서 아직 이르단 말을 들었대. 토코의 아버지는 그런 쪽으로 엄격한 분이거든."

토코의 본가에 방문했을 때, 그녀의 아버지는 밭일을 하러 가서 집에 없었다.

"자기 일에 열의를 지닌 분 같았어."

사쿠타가 그렇게 말하자, 쇼코도 고개를 끄덕였다.

"다들 스마트폰으로만 연락을 주고받게 됐어. 하지만 토코는 거기에 못 끼니까…… 엄청 쓸쓸해 보였다니깐. 그래서 『그럼 나랑 할래?』 하고 물어봤어. 농담 삼아서 말이야. 그랬더니, 『할래!』 하고 토코가 말하더라니깐."

"미오리 씨가 그런 제안을 해줘서 기뻤던 거예요."

"그래."

어릴 적의 기억을 떠올리자, 미오리의 표정이 누그러졌다.

"그날 방과 후에 둘이 공책을 사러 갔고…… 백 엔씩 내서 첫 공책을 샀어. 그리고 돌아오는 길에 편의점에서 카레 호빵을 하나 사서 둘이 나눠 먹었지."

이야기를 하면서 당시의 기억이 더 생각난 건지, 미오리는 「맞아. 그랬어」 하고 혼잣말했다.

"그 후로 쭉 교환 일기를 계속해 온 거야?"

앞에서 달리는 차와 거리를 유지하면서, 사쿠타는 물었다.

"매년 봄이 되면, 올해 쓸 공책을 사러 가는 게 연례행사가 됐어. 중학생 때 토코도 스마트폰을 샀으니까, 더는 필요 없을 텐데도 말이야."

"미토가 그만하잔 말을 안 했구나."

"그즈음에는 토코가 아저씨…… 토코의 아버지 말인데, 아저씨와 매주 싸웠거든. 그 짜증을 노트에 화풀이하듯 써놨어. 금요일이 되면 가출을 해서, 우리 집에 묵으러 왔다니깐."

"왜 싸운 건가요?"

"토코는 고등학생이 되면 고향을 떠나고 싶어 했어. 「미오리도 같이 가자」는 말을 몇 번이나 했었지."

"토코 씨의 아버님은 그걸 반대하신 거군요."

"반대했다기보다, 걱정했을 거야. 지금은 이해가 돼. 그걸 몰랐던 당시의 토코는 머리를 염색하며 반발했고, 그 바람에 또 싸우는 걸 되풀이했어."

“미토는 그녀와 싸우지 않았던 거야?”

“싸웠어. 나도 일주일에 한 번꼴로 말이야. 내가 산 편의점의 닭튀김을 허락도 안 받고 항상 한 개 집어먹었거든. 그래서 내가 화내면, 카레 호빵을 절반 줬어.”

“결과적으로 미토가 이득이네.”

“그래서 닭튀김을 한 개 더 줬어요.”

미오리는 너무하다는 듯이, 운전석에 앉아있는 사쿠타에게 불평을 늘어놨다.

그래도 닭튀김은 다섯 개가 들어 있으니, 미오리가 이득이긴 했으리라.

“하지만, 제대로 싸운 건 중학교 2학년 문화제 때일 거야.”

미오리는 문뜩 생각난 듯이 그렇게 말했다.

맥락 없는 이야기였지만, 사쿠타는 놀라지 않았다. 쇼코 또한 아무 말도 하지 않았다.

애초에 어떤 방향성을 가지고 나누는 대화는 아니었다.

미오리에게서 넘쳐 흘러나오는 토코와의 추억을, 그저 들어주고 있을 뿐이다.

“토코가 고백한 3학년 선배에게, 내가 고백을 받았거든.”

“미토다운 에피소드인걸.”

“정말 최악이었어. 내가 토코와 친구 사이인 걸 그 선배도 알고 있었거든. 그런데 대체 왜 고백하느냔 말이야. 토코에게 그렇게 말했더니『미오리, 그건 웃을 일이 아니야. 선배는 진지해』하고 말하며 화내더라니깐. 나도 열받아서 그대로 선배의 고백을 거절하러 갔어.”

“차인 선배가 좀 안 됐네요.”

쇼코는 약간 난처한 듯이 웃었다.

“『확 차주고 왔어. 이제 됐지?』하고 토코에게 보고했더니, 이제는 미묘한 표정을 지으면서 『미오리의 그런 면이 참 부러워』하고 말하지 뭐야……. 그 말은 어떤 의미였을까?”

“미토는 그녀를 부러워한 적 있어?”

“없어.”

“정말?”

“어릴 적엔 있었을지도 모르지만…… 토코의 기쁨은 내 기쁨이고, 토코의 슬픔은 내 슬픔이라고 생각하게 됐거든.”

그래서 토코를 잃어도, 미오리는 슬프지 않았던 걸지도 모른다.

그래서, 크리스마스 직전의 미오리와 토코가 엇갈렸는지도 모른다.

할 말을 할 수 있는 사이.

뭐든 알고 있다고 여기는 사이.

하지만, 진짜로 전부 알고 있는 건 아니다.

아무리 사이가 좋은 친구 사이일지라도, 아무리 깊은 관계의 연인일지라도, 모든 것을 이해할 수는 없다. 공감할 수 있을 리 없다. 미세한 차이가 때로는 큰 엇갈림으로 이어지

L
NOVEL
청춘 돼지는 디어 프렌드의 꿈을 꾸지 않는다
시리즈 15권 발매 기념 초판 한정 특전
[NOT FOR SALE]
©Hajime Kamoshida 2024
Illustration:Keji Mizoguchi
KADOKAWA CORPORTAION

기도 한다. 그러니, 계속 이해하려 해야만 한다.

하지만 논리로서는 알고 있을지라도, 실현하는 건 매우 어렵다. 하루하루의 생활 속에서 끊임없이 실현하는 건 매우 어렵다.

그것을 알고 있기에, 사쿠타는 미오리의 말을 듣고도 일부러 아무 말도 하지 않았다.

그 후에도 미오리는 유치원, 초등학교, 중학교, 고등학교 1학년을 오가면서 토코와의 추억을 계속 이야기해줬다. 틀어놓은 수도꼭지에서 물이 쉴 새 없이 쏟아져나오듯이, 이야기는 끝없이 이어져갔다.

약 십 년 동안 쌓아온 두 사람의 추억.

둘만의 추억.

한 시간 정도의 이동 시간 동안 전부 이야기하는 건 무리다. 미오리가 토코와 보낸 나날 속의 일들은, 무한하다고 해도 과언이 아니었다.

먼저 끝난 것은, 쇼코의 길 안내였다.

"곧 목적지에 도착해요."

쇼코가 그렇게 말했다.

앞 유리 너머에는 사쿠타 일행이 향하고 있는 커다란 건물이 있었다. 콘서트장으로 쓰이는 요코하마 아레나다.

차량을 뒤편의 입구 쪽으로 몰고 갔다.

대형 차량이 세워진 주차장 안쪽에서, 아는 이를 발견했다.

스태프용 입구에서 기다리고 있는 사람은 마이의 매니저인 하나와 료코다. 료코는 운전석에서 손으로 신호를 보내는 사쿠타를 발견했다.

그녀는 양손을 허리에 댔다. 사쿠타가 또 성가신 일을 벌인 바람에 화난 게 틀림없다.

"나중에 사과해야겠네요."

그 모습을 본 쇼코가 조수석에서 그렇게 말했다. 그러자, 사쿠타는 쓴웃음을 머금으며…….

"과자 선물 세트라도 준비할 걸 그랬어."

……하고, 대꾸했다.

3

『사쿠라지마 마이 님(키리시마 토코 님)』이라는 명패가 붙어있는 대기실 문을, 료코가 가볍게 노크했다.

"마이 씨, 사쿠타 군을 데려왔어요."

"네."

곧 방 안에서 마이의 목소리가 들려왔다.

"들어가세요."

그렇게 말하는 료코를 향해 고개를 끄덕인 후, 사쿠타는 대기실 문을 열었다.

"밖에서 기다리고 있겠어요."

사쿠타, 쇼코, 미오리 차례로 안으로 들어갔다. 료코는 그렇게 말하며 복도에 남았다.

대기실은 다섯 평 정도 되는 것 같았다. 방 한가운데에는 소파가 놓여있었으며, 실내는 고급스러운 분위기로 통일되어 있었다. 테이블에는 케이터링 음식과 음료, 그리고 이번 라이브의 주최자가 보내온 꽃이 놓여있었다.

무대 의상을 입은 마이는 방 안쪽의 거울 앞에 등을 보이며 앉아있었다. 방에 들어온 사쿠타 일행의 기척을 느끼자, 귀걸이를 신경 쓰면서 고개를 돌렸다. 우선 사쿠타를 쳐다봤고, 다음은 쇼코였다. 그리고 마지막으로 미오리를 쳐다보더니, 약간 의아한 표정을 지었다.

"갑자기 만나고 싶단 연락을 해서 의아했는데…… 멤버 구성이 꽤 독특하네."

마이는 자신의 감정을 있는 그대로 입에 담았다.

"실은 그렇지도 않아요."

자초지종을 알면, 멤버 사이에 깊은 연관이 있다는 것을 마이도 눈치챌 것이다.

"실은 다들 아는 사이였던 거야?"

마이는 농담 투로 그렇게 물었다.

"그 말이 맞을 것 같네요."

"……뭐?"

"미토가 바로 키리시마 토코였어요."

"……."

마이는 한순간, 당황스럽다는 듯이 미간을 살짝 찌푸렸다.

"무슨 소리를 하는 거야? 전에도 말했잖아? 내가 바로 키리시마 토코야."

하지만, 곧 어처구니없다는 투로 그렇게 때꾸했다.

"마이 씨가 그렇게 생각하는 건, 미토의 사춘기 증후군 탓이에요. 그 외에도 현실이 꽤 많이 바뀌었어요."

"……예를 들어봐."

"『카에데』와 『카에데(花楓)』가 동시에 존재하고, 후타바가 쿠니미와 사귀고 있으며, 코가가 우리 대학에 들어온 데다가, 히로카와 양도 아직 대학을 관두지 않았어요."

한 치의 흔들림도 없는 말투로 그렇게 대답하는 사쿠타의 눈을, 마이는 진지한 눈길로 응시했다.

"……."

마이는 입술을 깨물 뿐, 부정의 말을 입에 담지 않았다. 사쿠타의 말에 귀를 기울이고 있었다. 마이다운 차분한 태도였다.

그리고 방금 들은 정보를 정리하기 위한 침묵이 한동안 이어졌다.

하지만, 그렇게 오래 걸리지는 않았다.

마이는 다시 사쿠타를 향해 시선을 돌리더니…….

"그럼 내가 나를 키리시마 토코라고 생각하는 것도, 현실이 바뀐 결과라는 말이구나?”

자신의 감정을 말로 치환해서, 확인을 위한 질문을 던졌다.

“네.”

사쿠타는 그 말에 짧게 답했다. 마이와 시선을 마주하면서 말이다.

“왜 나였어?”

정보를 파악한 마이가 입에 담은 건, 핵심을 찌르는 질문이었다.

“아마, 토코가 마이 씨의 팬이라서일 거예요.”

미오리가 그렇게 대답했다.

그러자, 마이의 표정에는 새로운 의문이 어렸다. 미오리가 토코라면, 방금 그 말에는 위화감이 존재했다.

“키리시마 토코 씨는 미오리 씨의 친구인데…… 저에게 심장을 기증해준 분이에요.”

쇼코가 양손을 가슴에 대더니, 상냥한 목소리로 이 이야기의 핵심이라 할 수 있는 진실을 밝혔다. 그것은 이곳에 있는 네 사람의 관계에 있어서, 근간이 되는 발언이기도 했다.

“……”

마이는 아무 말도 하지 않았다. 눈을 살짝 치켜떴을 뿐이다. 그 이상의 반응은 보이지 않았다.

방금 들은 충격적인 사실을 받아들이기 위해서는, 누구라도 시간이 필요할 것이다. 갑작스러운 일일 테니 말이다.

하지만, 겨우 10초 후…….

"그래서, 사쿠타와 미오리와 쇼코 양인 거구나."

마이는 이해한 것처럼 그렇게 중얼거렸다.

"그래서, 나와 마이 씨와 마키노하라 양과 미토인 거예요."

"이런 걸 운명이라고 하는 걸까? 믿기진 않지만 말이야."

당황한 것처럼, 마이는 기운 빠진 표정을 지었다. 이어서 작게 한숨을 내쉬었다.

"마이 씨, 내가 이런 거짓말을 할 사람이라고 생각해요?"

"생각 안 해."

마이는 즉시 답했다.

"하지만 나는 지금도 내가 키리시마 토코라고 생각해. 그것을 사실로 받아들이고 있어."

"그래도 나를 믿어줬으면 해요."

사쿠타는 눈을 돌리지 않으며, 지금의 마음을 있는 그대로 전했다.

"다들 나를 키리시마 토코라고 생각해."

"그래서, 마이 씨가 협력해줬으면 해요. 미토에게 『키리시마 토코』를 돌려주기 위해서요."

사쿠타는 미오리를 향해 시선을 돌렸다.

마이 또한 미오리를 쳐다봤다.

미오리는 천천히 한 걸음 앞으로 내디뎠다.

"부탁이에요, 마이 씨. 토코를 돌려주세요."

미오리의 눈빛은 진지했다.

"……."

마이는 말없이 그 시선을 받고 있었다.

하지만 잠시 후, 마이의 시선은 대기실에 있는 시계를 향했다.

"공연까지 30분, 남았네……."

그렇게 혼잣말하더니…….

"알았어. 그럼, 빨리 준비하자."

마이는 귀걸이를 풀면서, 사쿠타 일행을 향해 그렇게 말했다.

"사쿠타는 밖에 나가 있어."

이어서, 그런 지시를 내렸다.

"왜요?"

사쿠타가 순수한 의문을 입에 담자…….

"나와 미오리가 옷을 갈아입어야 하거든. 자, 빨리 나가."

그런 긴장감 넘치는 지시가 대기실 안에 다시 울려 퍼졌다.

4

30분 후, 사쿠타는 스태프 점퍼를 걸치고 요코하마 아레나의 무대 뒤편으로 이동했다. 옆에는 마찬가지로 스태프 점퍼를 걸치고 모자와 안경으로 변장을 한 마이와 쇼코가 있었다.

"중계 연결합니다. 5초 전!"

지시용 큐 카드를 들고 있는 스태프의 목소리가, 인터컴을 통해 들려왔다.

무대 위도, 무대 뒤편도, 생방송 특유의 「실패할 수 없다」란 긴장감이 진하게 감돌고 있었다.

"4, 3, 2…… 1!"

스태프가 손을 흔들어서, 생중계 개시 신호를 줬다.

그 직후, 무대의 대형 스크린에는 시내에 있는 TV 방송국의 스튜디오가 표시됐다. 사회를 맡은 남성 아나운서가 카메라를 향해…….

"요코하마 아레나의 난죠 양! 콘서트장의 분위기는 뜨겁습니까?"

……하고 말했다.

"네, 뜨거워요~!"

그 말에 답한 건, 무대 가장자리에 서 있는 여성 아나운서였다. 사쿠타와도 안면이 있는 난죠 후미카다. 평소 와이드 쇼의 어시스턴트를 맡는데, 오늘은 특별 방송의 도우미로서 요코하마 아레나에 파견된 것 같았다.

"관객 여러분의 목소리가 스튜디오에서도 들리나요?"

후미카의 신호에 맞춰 객석에서 환성이 터져 나왔다. 콘서트장은 거의 만석이었다. 약 2만 명이 모인 것 같았다. 환성

자체도 묵직해서, 파도 소리처럼 물결치며 박력을 자아냈다.

"들립니다. 정말 뜨겁군요! 곧 키리시마 토코 양의 지상파 첫 라이브가 시작되는 만큼, 스튜디오에 있는 저희도 정말 고대하고 있습니다."

남성 아나운서 본인도 흥분을 감추지 못했다.

"오늘은 서프라이즈도 있다고 하니, 기대해 주세요."

후미카가 갑자기 추가된 대본을, 흔들림 없는 자연스러운 어조로 읽었다.

"그럼! 준비가 끝난 듯하니 이곳, 요코하마 아레나에서 키리시마 토코 양의 스페셜 라이브를 전해드리겠습니다."

담담한 어조로 말을 마친 후, 후미카는 무대 옆으로 이동했다.

그러자, 조명이 어두워졌다.

무대 중앙만이 스포트라이트가 부드럽게 비추고 있었다. 그리고 이어서, 무대 밑에서 누군가가 올라왔다. 차분한 인상의 파란색 드레스. 표정은 조그마한 모자에 달린 베일로 가려져 있었다.

콘서트장의 술렁거림이 잦아들더니, 한순간 정적이 감돌았다.

2만 명이 자아낸 인공적인 정적이다.

기척이 잦아들었다.

『키리시마 토코』가 크게 숨을 들이쉬는 것을 알 수 있을 만큼, 아무 소리도 들리지 않았다.

　이어서, 『키리시마 토코』는 손에 쥔 마이크를 입가로 가져
갔다.

　곡이 흘러나오자, 노랫소리가 콘서트장에 울려 퍼졌다.

　너를 만나서 다행이야.

　나는 그렇게 생각 안 해.

　운명의 사람은 이제 어디에도 없어.

　곡명은 『Turn The World Upside Down』.

　키리시마 토코의 노랫소리에, 관객은 지금도 숨을 삼킨
상태였다.

　그들은 무대를 응시하며 서 있을 뿐이었다.

　하지만, 너와 들은 사랑의 노래가 이렇게 말해.

　분명 또 만날 수 있을 거라네.

　미아가 되는 것을 무서워하지 마.

　아침이 되면 문을 열고 나가자.

　형광봉을 쥔 손만이, 본능적으로 좌우로 살짝 흔들렸다.

　『키리시마 토코』는 고개를 살짝 숙이고 있어서, 표정이 아
직 보이지 않았다.

카메라맨이 다가가서, 베일에 가려진 얼굴을 아래편에서
찍으려 했다.
　등 뒤의 대형 스크린에, 입가가 비쳤다.
　그것은, 미오리의 입가였다.

　하지만, 미래는 누구도 증명 못 하잖아?
　분명 내일도 나는 외톨이.
　너와 반반씩 나누지 못하고,
　가슴 속은 쭉 공허한 채.

　희미하게 관객의 분위기가 바뀌었다.
　아리나를 감싸고 있는 건, 희미한 의아함과 의문.
　그 감정을 누구도 입에 담지 않았다.
　입에 담지 않았는데도, 콘서트장은 술렁였다.
　객석 앞에서 뒤편으로, 부채꼴로 퍼져 나갔다.

　이런 마음을 느낄 줄 알았으면
　너를 만나지 말 걸 그랬어.

　미오리가 1절을 끝까지 불렀다.
　이 곡은, 이대로 페이드아웃 되면서 끝나고 만다.
　관객들 모두가 그렇게 생각했을 것이다.

하지만, 그렇게 되지 않는다. 그렇게 되지 않았다.

간주로부터 곡이 이어지면서…….

곡조가 바뀌는가 싶더니, 한층 더 소리가 중후해지면서 스케일이 커졌다.

콘서트장 안의 공기가 의문에서 경악으로 급격히 변했다.

모르는 곡이 시작됐다.

그런 기대감이 고양감을 가져왔다.

아리나에 새로운 일체감이 탄생했다.

그것을 자아낸 건, 무대 위에 홀로 선 『키리시마 토코』였다.

그리고 솟구치는 기대에 부응하듯, 미오리는 스스로 모자와 베일을 벗었다.

말아 올렸던 머리카락이 물결치듯 흘러내렸다.

무대 위에서, 미오리의 표정이 드러났다.

카메라맨이 그 맨얼굴에서 카메라 렌즈를 돌리지 않았다.

대형 스크린에 미오리의 얼굴이 비쳤다.

그 영상은 생방송을 통해, 전국에 중계됐다.

너를 만나지 말 걸 그랬어.

이런 마음을 느낄 줄 알았으면

가슴 속은 쭉 공허한 채.

너와 반반씩 나누지 못하고,

분명 내일도 나는 외톨이.

신곡이라 해도 과언이 아닌 2절.
미오리가 투명한 목소리로, 잔잔하게 노래를 불렀다.
관객들은 그 모습에서 눈을 떼지 못했다.
큐 카드를 들고 있던 스태프는 업무 중이라는 것을 망각한 채, 입을 쩍 벌렸다. 무대 뒤편에 있던 다른 스태프도 하던 일을 멈춘 채, 멍하니 쳐다보고 있었다.

하지만, 미래는 누구도 증명 못 하잖아?
아침이 되면 문을 열고 나가자.
미아가 되는 것을 무서워하지 마.
분명 또 만날 수 있을 거라네.

다들 미오리를 말리려 하지 않았다.
곡은 계속 이어졌고…….
노래가 생방송되면서…….

하지만, 너와 들은 사랑의 노래가 이렇게 말해.
운명의 사람은 이제 어디에도 없어.
나는 그렇게 생각 안 해.
너를 만나서 다행이야.

이윽고, 곡은 마지막 후렴구로 향하면서 더욱 장대해졌다.

가슴 속은 쭉 공허한 채.

이런 마음을 느낄 줄 알았으면

너를 만나지 말 걸 그랬어.

나는 그렇게 생각 안 해.

너를 만나서 좋았어.

미오리는 노래를 끝까지 불렀다.

완전판『Turn The World Upside Down』를.

아마 키리시마 토코가 미오리를 위해 쓴 마지막 곡을…….

미오리는 작게 한숨을 내쉬었다.

그 볼에는, 아름다운 눈물 한줄기가 흘러내린 흔적이 남아있었다.

찬란히 빛나고 있었다.

자신을 찍고 있는 카메라를 눈치챈 미오리를 고개를 꾸벅숙이며 인사했다.

그 모습과 함께, 무음으로 CF가 시작됐다.

그 직후, 관객의 환성이 터져나왔다. 박수가 콘서트장을 가득 채웠다.

그 와중에도, 스태프 중 누구 한 명 움직이지 않았다.

눈앞에서 벌어진 일을 받아들이지 못했다.

근처에 있는 관계자들이 시선을 교환하고 있지만, 그 답은 누구도 알지 못했다.

무대 뒤편에서 가장 먼저 움직임을 보인 건, 사쿠타의 옆에 있는 이였다.

마이가 갑자기 정신을 잃은 것처럼 휘청거리더니, 그대로 주저앉았다.

"마이 씨……!"

사쿠타가 즉시 몸을 웅크리며 마이를 부축했다. 그 바람에 마이가 쓰고 있던 모자가 벗겨졌고, 안경 또한 메마른 소리를 내면서 바닥에 떨어졌다.

주위에 있는 스태프의 시선이 사쿠타와 마이에게 쏠렸다. 하지만, 그런 것을 신경 쓸 때가 아니었다. 마이의 몸에서 힘이 완전히 빠져나갔다. 팔도, 고개도 축 늘어뜨린 채 정신을 차리지 못했다.

"마이 씨!"

한 번 더 그녀의 이름을 불렀다.

"……"

역시, 대답은 없었다.

스태프가 술렁거리기 시작했다.

"사쿠라지마 양이 여기 있다는 건……."

"무대 위에 있는 그녀는 대체 누구지?"

"이게 바로 서프라이즈인가?"

"디렉터! 이제 어떻게 하죠?!"

어른들의 목소리가 이어서 들려왔다. 초조함과 긴장감이

마음을 흐트러뜨렸다. 그에 버금가는 당혹감과 혼란스러움이 무대 뒤편에 휘몰아치고 있었다.

사쿠타 또한 거기에 삼켜지고 있었다.

"마키노하라 양, 구급차를 불러줘!"

감정이 격해진 사쿠타가 고개를 들어서 쇼코를 향해 그렇게 외쳤다.

"네."

하지만 쇼코의 그 대답을 막듯, 누군가가 사쿠타의 팔을 세게 움켜쥐었다.

"윽?!"

놀란 사쿠타가 그 팔의 주인을 쳐다봤다.

사쿠타의 팔을 움켜쥔 이는 마이였다.

"나는 괜찮아."

그렇게 말한 마이는 몸을 일으켰다. 자기가 한 말을 증명하려는 것처럼 말이다.

"하지만……."

"나는 키리시마 토코가 아냐. 그러니, 괜찮아."

마이의 눈동자에는 명확한 의지의 빛이 어려있었다. 방금 그 말에, 모든 것이 담겨 있었다.

"사쿠타는 미오리를 데리고, 여기서 나가."

"마이 씨는요?"

"상황을 설명해줄 사람이 필요할 거잖아."

마이는 술렁이고 있는 무대 뒤편을 쳐다보고 있었다. 자신을 쳐다보는 이들을 향해 미소를 지어 보인 마이는 자리에서 일어났다.

"CF 종료, 30초 전!"

업무 중이라는 것을 떠올린 스태프가 주위에 지시를 내렸다.

"가죠, 사쿠타 씨."

쇼코가 그렇게 말하자, 사쿠타는 고개를 끄덕였다.

"저는 대기실에 가서 미오리 씨의 옷을 가져올게요."

"부탁해. 그럼, 주차장에서 봐."

"네."

이미 달려가고 있는 쇼코의 대답을 들으면서, 사쿠타는 무대를 돌아봤다.

"미토, 이쪽이야!"

미오리를 향해 달려가는 사쿠타의 뒤편에서는……

"여러분, 소란을 피워서 죄송해요. 이번 서프라이즈 연출에 관해서는 CF가 끝난 후에 제가 직접 관객과 시청자 여러분에게 설명드리겠어요."

마이가 디렉터와 후미카에게 말을 건네고 있었다.

제2장

앤서 송이 그치지 않는다

1

요코하마 아레나의 관계자 주차장을 출발한 차는 올 때와 같은 루트로 후지사와 방면을 향하고 있었다. 곧 호도가야 인터체인지가 보일 것이다.

차 안은 출발한 후부터 쭉 침묵만이 감돌고 있었다.

뒷좌석에 앉은 미오리는 올 때와 비슷한 자세로 창밖을 쳐다보고 있었다. 하지만 분위기는 달랐다. 하프업 스타일이었던 머리카락은 스트레이트로 바뀌었으며, 내추럴한 느낌의 화장 또한 무대 화장으로 바뀌었다.

복장도 마찬가지다. 무대 의상 위에 사쿠타가 건네준 스태프 점퍼를 어깨에 걸치고 있는 모습이 백미러 너머로 보였다.

조수석에 앉은 쇼코는 스마트폰에 집중하고 있었다. 화면을 계속 스크롤하고 있었다. 사쿠타가 곁눈질로 쳐다보니, 화면에는 SNS가 표시되어 있었다.

"너무 늦으면 좀 그러니까, 마키노하라 양을 먼저 바래다줄게."

"네."

"응."

차 안의 시계는 오후 여덟 시를 가리키려 하고 있었고, 쇼코와 미오리는 짧게 답했다.

차는 호도가야 인터체인지를 통해 고속도로로 들어섰다.

속도계의 숫자가 점점 올라가면서, 차는 가속했다. 가속을 마쳤을 즈음…….

"SNS의 반응을 보니, 방송 쪽은 마이 씨가 잘 수습해준 것 같아요."

쇼코는 지금도 스마트폰 화면을 스크롤하면서 그렇게 말했다.

"역시 내 마이 씨야."

"4월 1일의 아카렌가 창고의 라이브는 만우절 기획이며, 오늘의 서프라이즈와 연동한 것이라고 정식으로 발표됐네요. 검색 사이트의 뉴스 페이지에도, 아까 라이브의 기사가 올라와 있어요."

"일처리 한번 빠르네."

"『사쿠라지마 마이는 페이크! 진짜 키리시마 토코는 따로 있었다!』라는 제목으로요."

페이크라니, 인터넷 뉴스에 걸맞은 선동 기사다. 하지만 그 단어에 낚여서 한 명이라도 더 많은 사람이 진짜 키리시마 토코의 정보를 접해준다면, 오히려 잘된 일이다. 이 뉴스가 확산하면 할수록, 사쿠타로서는 잘된 일이다.

"라이브 영상도, 동영상 사이트에 올라왔어요. 재생 횟수도 쑥쑥 늘어나고 있네요."

"이것으로, 마이 씨를 키리시마 토코로 오해한 사람은 없어지겠는걸."

적어도, 마이 본인은 자기가 키리시마 토코라고 여기지 않았다. 그 사실이, 사쿠타를 안심시켰다.

"다행이야."

안도의 한숨이, 미오리의 입에서도 흘러나왔다.

"하지만, 미오리 씨도 꽤 화제가 되고 있어요."

"뭐라는데?"

"『같은 대학에 다니는 애야』, 『우리 학부의 미토 미오리잖아』 같은 글이 몇 개나……."

"……."

미오리는 그 말을 듣고도 침묵을 지켰다.

창밖을 응시하는 그녀의 얼굴에는, 아무런 감정도 어려있지 않았다.

"내일 대학에서 난리가 나겠네."

"결석할까?"

"내일 나오지 않으면, 모레는 학교에 가기가 더 힘들어질걸?"

"그것도, 그래."

혼잣말하듯 그렇게 말한 미오리는 희미하게 웃음을 흘렸다. 그 작은 웃음은 평소와 다름없는 미오리의 웃음소리처럼 들렸다. 그래서, 사쿠타는 이것으로 됐다고 여겼다. 오늘은, 이것으로 됐다. 그렇게 생각하자, 사쿠타의 표정에서도 자연스레 힘이 빠져나갔다.

"웃을 일이 아니거든?"

그것을 눈치챈 미오리가 사쿠타를 비난하듯 입술을 삐죽 내밀었다.

"안 웃었다고."

"웃었잖아."

"안 웃었어."

"웃었거든요~."

그런 대화를 주고받으면서, 차는 후지사와를 향해 계속 달려갔다.

사쿠타가 집 근처의 공원 앞에 차를 세운 것은 밤 여덟 시 반경이었다.

"여기면 돼?"

사쿠타는 안전벨트를 푸는 쇼코에게 그렇게 말했다.

"네. 바래다줘서 고마워요. 여기서부터는 걸어서 돌아갈 게요."

쇼코를 배웅하기 위해, 사쿠타도 일단 차에서 내렸다. 앞 아서 운전만 계속했더니, 몸을 좀 풀어주고 싶었다.

"저기, 미오리 씨."

쇼코가 밖에서 말을 건네자, 미오리가 뒷좌석의 창문을 완전히 내렸다.

"이걸 미오리 씨에게 드리는 편이 좋을 것 같아요."

쇼코는 가방에서 공책 한 권을 꺼냈다.

토코와 미오리의 교환 일기였다.

미오리는 그것을 지그시 응시했다.

"사고 후에 토코의 집에 딱 한 번 간 적이 있어. 그때, 아줌마가 나를 토코의 방에 안내해 줬거든. 필요한 게 있다면 가져가라면서……. 나는 마지막 페이지를 보고 싶지 않아서, 그 네 번째 교환 일기만 두고 왔어."

"지금도 보고 싶지 않은 거야?"

"토코에 대해, 누구보다 잘 안다고 생각했는데…… 분하네."

미오리는 난처한 웃음을 흘리더니, 쇼코가 내민 교환 일기를 양손으로 받았다. 그리고, 그 공책을 꼭 끌어안았다.

"나, 토코를 만나서 다행이었어."

그 말은, 사쿠타를 향한 말이 아니었다.

쇼코를 향한 말도 아니었다.

이 자리에 없는 그녀를 향한 말.

미오리에게 있어서, 너무나도 소중한 친구.

짤막한 말 안에는, 애절함이 가득 담겨 있었다.

그 이상의 온기에 감싸여 있었다.

미오리의 마음 그 자체가 거기에 존재했다.

"그럼, 좋은 밤 되세요."

쇼코는 고개를 꾸벅 숙인 후, 집으로 돌아갔다. 그리고 도중에 뒤를 돌아보더니, 손을 크게 흔들었다. 사쿠타 또한 쇼코를 향해 손을 작게 흔들었다.

이윽고, 쇼코의 뒷모습이 시야에서 사라졌다.

차로 돌아온 사쿠타는 문을 닫고 안전벨트를 맸다.

"오오후나역으로 가면 돼?"

"저기, 아즈사가와."

돌아온 대답은 YES도, NO도 아니었다.

"왜?"

"어디 좀 들르면 안 될까?"

"가고 싶은 곳이 있어?"

"에노시마야."

사쿠타는 대답 대신, 차를 출발시켰다.

2

사쿠타는 에노시마의 섬 안에 있는 관광 협회가 관리하는 주차장에 차를 세웠다.

"옷 갈아입을 테니까, 밖에서 기다려."

아직 무대 의상을 입고 있던 미오리가 그렇게 말했기에, 먼저 차에서 내렸다.

몰래 훔쳐본다는 의심을 사지 않을 거리만큼 떨어져서 5분 정도 기다리자…… 뒷좌석의 문이 열리더니, 원래 입고 있던 밀리터리 재킷과 원피스로 갈아입은 미오리가 차에서 나왔다. 머리카락 또한 평소의 하프업 스타일로 되돌아갔다.

하지만, 어찌된 건지 배를 감싸쥐고 있었다.

"마이 씨는 허리가 정말 가늘어. 옷이 찢어지는 줄 알았다니깐."

"밥 좀 더 먹으라고 전할게."

"아즈사가와도 꼭 끌어안았을 때 만족감이 좀 더 느껴지는 편이 좋을 거잖아."

"좀이 아니라, 많이 말이지."

그런 이야기를 나누면서 주차장을 나온 후, 즉석 생선구이 등을 파는 음식점 앞을 지나면서 에노시마의 중심인 참배길 쪽으로 향했다.

해가 졌는데도 에노시마에는 관광객이 많았고, 벤텐 다리 앞의 광장에는 젊은 커플이 사진을 찍거나 서로를 응시하고 있었다.

즐겁게 웃는 소리도 들렸다.

사쿠타와 미오리는 그 모습을 곁눈질하면서 비탈길인 참배길에 들어섰다. 늦은 시간이라 참배하러 올라가는 사람은 없었다. 신사 쪽에서 내려오는 사람뿐이었다. 발걸음에서 피곤한 기색이 묻어나는 것을 보면, 계단을 몇 번이나 오르내려야 하는 에노시마 가장 안쪽의 치고가후치까지 갔다가 돌아오는 길일지도 모른다.

그런 사람들의 흐름을 거스르며, 사쿠타와 미오리는 참배길을 나아갔다.

길 가장자리에 있는 토산물 판매점과 경단 가게, 음식점은 문을 닫았다. 항상 긴 행렬이 있을 만큼 인기인 문어 전병 가게도 이 시간에는 영업하지 않았다.

오늘도 에노시마의 정상까지 많은 관광객을 옮겼을 유료 에스컬레이터『에노시마 에스카』도 영업을 종료했다.

이 앞은 자기 발로 계단을 오르며 나아갈 수밖에 없다.

옆에 있는 미오리는 딱히 개의치 않으며 계단에 발을 올렸다.

"미토, 에노시마는 처음이야?"

사쿠타는 그 뒤를 따르면서 미오리에게 물었다.

"밤에는 처음이야. 와보는 건 두 번째네."

"전에는 누구와 왔어?"

대답이 뭔지 예상이 됐다. 그래서, 사쿠타는 물어보자고 생각했다.

"중학교 졸업 기념으로 토코와 왔어."

예상대로의 대답이었다.

"마이 씨의 영화 촬영지를, 토코가 가보고 싶어 했거든."

미오리는 숨을 헐떡이며 그렇게 말했다.

"그럼, 시치리가하마 해변에도 갔겠네?"

"갔어. 집에서 버스와 전철을 갈아타며, 편도 네 시간이나 걸려서 말이지."

당시의 일을 떠올린 건지, 미오리는 쓴웃음을 머금었다.

하지만, 미오리의 목소리에는 온기가 어려있었다. 입가에는 그리움이 묻어나는 미소가 있었다.

계단을 더 올라가서 중간지점이자 손을 씻는 곳이 있는 층계참에 도착했을 즈음에는, 사쿠타와 미오리는 숨을 헐떡이고 있었다. 그곳에서 예법에 따라 손을 씻은 후, 남은 계단을 올라갔다.

한 계단, 한 계단, 천천히.

하지만, 한 걸음씩 확실히 말이다.

이윽고 마지막 칸을 오른 사쿠타 일행의 앞에, 신사의 본당이 모습을 보였다. 세 개의 신사가 모인 에노시마 신사의 중앙에는 참배객이 처음으로 찾게 되는 타기츠히메를 모신 헤츠미야 신사가 있다.

평일 낮에도 많은 참배객이 찾는 장소지만, 이 시간대에는 두세 커플만 있었다.

"그날, 토코와는 여기까지만 왔어."

올라온 계단을 돌아본 미오리는 뒤편의 경치에 눈길을 보냈다. 나무 사이로 방금 올라온 참배길과 그 끝에 이어져 있는 커다란 다리가 보였다.

"편도 네 시간이나 걸려서 와놓고, 여기서 돌아간 거야? 위쪽의 전망대까지 올라가지 그랬어."

에노시마에 온 수많은 관광객이 그렇게 한다.

"토코는 가고 싶어 했지만, 또 네 시간이나 걸려서 돌아가야 하니까 『다음에 또 오자』며 설득했어. 시골 버스는 빨리 끊기거든."

하지만, 유감스럽게도 그 「다음에」는 실현되지 않았다.

"이럴 줄 알았으면, 시간은 신경 쓰지 말고 전망대까지 가볼 걸 그랬어. 토코에게 보여줄 걸 그랬어. 문어 전병도 줄서서 사먹을 걸 그랬네."

눈앞에 펼쳐진 경치를, 미오리는 안타까운 눈길로 응시했다.

10초일까, 20초일까. 두 사람 다 아무 말 없이 서 있었다. 그리고 두 사람은 자연스럽게 신사 쪽으로 돌아서더니, 본당을 향해 말없이 나아갔다.

미오리가 새전함에 돈을 넣었다. 사쿠타 또한 뒤늦게 돈을 넣었다.

그리고 미오리와 같이 합장을 하며 참배했다.

하지만, 사쿠타는 아무 소원도 빌지 않았다.

지금은 아무 소원도 생각나지 않았다.

"……."

아무 말 없이, 사쿠타와 미오리는 본당을 벗어났다. 그리고 에노시마의 더 안쪽으로 걸음을 옮겼다.

"그날, 토코는 어떤 소원을 빌었을까?"

"미토와 또 여기에 올 수 있기를."

"나는 어떤 소원을 빌었을 것 같아?"

"돌아가는 버스를 놓치지 않기를."

미오리는 맞췄는지 틀렸는지 알려주지 않았다. 그 대신…….

"소원이 절반만 이뤄졌네."

……하고 말하며 웃었다.

"절반이라도 이뤄졌으니 다행이네."

"이 사람, 역시 짜증 나~."

미오리는 깔깔 웃었다.

그 웃음은 에노시마의 조용한 밤에 녹아 들어갔다. 듣고 있는 건 주위의 나무뿐. 그 외에는 머리 위에서 사쿠타 일행을 비추고 있는 동그란 달. 다음인 나카츠미야 신사로 이어지는 계단에는 사람이 없었다.

눈앞의 계단을 본 미오리는 약간 인상을 찡그렸지만, 불평을 입에 담지 않으며 올라가기 시작했다.

"그날, 토코는 정말 즐거워 보였어."

미오리가 자연스럽게 이야기를 시작했다.

"『영화 속의 풍경과 똑같아』 하고 말하면서 흥분하더라니깐."

계단을 올라가면서, 숨을 고르더니…….

"『마이 씨가 걸었던 모래사장이야』 하고 떠들기도 했어. 사진도 정말 많이 찍었지."

미오리는 차분한 어조로 이야기해 줬다.

"정말, 즐거워 보였어."

이윽고 계단을 끝까지 오르면서, 나카츠미야 신사에 도달했다. 아무도 없는 신사에서 참배한 후, 사쿠타와 미오리는 더 안쪽으로 나아갔다.

그런 사쿠타와 미오리를 기다리고 있었던 것은, 또 계단이었다.

미오리는 원망하는 듯한 눈길로, 계단을 올려다봤다.

"여기를 올라가면, 에노시마의 정상이야."

사쿠타가 그렇게 말하자, 미오리는 원망 섞인 눈길로 그를 쳐다봤다.

하지만 미오리는 한숨을 푹 내쉬더니, 앞장서서 계단을 오르기 시작했다.

이제는 말할 여유가 없었다.

사쿠타와 미오리는 계단을 오르는 것에 집중하면서, 한 계단 한 계단 열심히 올라갔다. 숨을 헐떡이면서도, 멈춰섰다간 지는 것이라고 여기면서 계단 끝까지 쉬지 않고 올라갔다.

계단 끝까지 올라선 두 사람은 일단 숨을 골랐다.

이마에 땀이 맺혔고, 옷 안에서도 땀이 흘러내리고 있었다. 미오리도 얼굴에서 흘러내리는 땀을 닦았다.

숨을 고른 후, 미오리는 비틀거리며 걸음을 내디뎠다. 에노시마의 상징이라고 할 수 있는 전망대 『시 캔들』이 있는 사무엘 코킹 정원의 입구로 인도되듯 다가갔다.

겨울에는 아름다운 조명 장식으로 꾸며지며, 계절에 맞춰 다양한 꽃 이벤트가 개최되는 명소다.

평소에는 수많은 관광객으로 북적이는 장소지만, 지금은 한산했다. 그것도 그럴 것이, 지금은 영업시간이 아니라 입구가 닫혀 있었다.

"그날의 리벤지를 하고 싶었는데 말이야."

미오리는 닫힌 문을 쳐다보며 쓴웃음을 머금었다.

"또 오면 돼. 언제든 올 수 있어."

그렇게 말한 사쿠타는 사무엘 코킹 정원 앞을 벗어났다.

발길이 향한 곳은 인근 광장의 끝…… 바다가 보이는 전망대다. 시 캔들에서 보는 경치만큼은 아니지만, 여기서도 쿠게누마 해안과 치가사키의 빛이 잘 보인다. 국도 134호선 도로를 달리는 차량의 붉은색과 흰색 라이트가 해안선을 따라 선을 자아내고 있었다.

"아즈사가와는 또 같이 와줄 거야?"

옆에 선 미오리의 눈동자에, 전망대에서 보이는 경치가 비쳤다.

"에스컬레이터가 운영하는 시간대라면 말이야."

"그렇게 말하고, 내 앞에서 사라지지는 마."

미오리가 그런 말을 입에 담았다.

"마이 씨가 슬퍼할 테니까, 오래 살 생각이야."

키리시마 토코처럼, 미오리의 앞에서 사라지지는 않을 것이다.

그런 의미를 담아, 사쿠타는 대답했다.

"이 사람, 진짜 짜증 나~."

그 의도를 파악한 미오리는 즐거운 듯이 웃었다.

그것은, 거짓이 섞이지 않은 미소처럼 보였다.

"토코 이야기를 이렇게 많이 한 건 오랜만이야."

데크의 난간에 손을 얹은 미오리가 불쑥 그렇게 중얼거렸다.

"이야기하니 좋아?"

"응. 하지만, 좀 충격을 받았어."

"너무 오래간만이라서?"

미오리는 눈을 살짝 내리깔면서 고개를 저었다.

"……토코가, 추억으로 바뀐 것에 말이야."

"……."

"토코의 죽음을, 내가 이미 받아들였다는 것에 말이야……."

미오리는 자기 마음을 확인하려는 듯이, 한마디 한마디 또렷하게 입에 담았다.

"나 혼자만, 고등학교를 졸업하고 대학에 들어갔다는 것에 말이야……."

그렇게 뭔가에 마침표를 찍으려는 듯이, 미오리는 덧붙여 말했다.

"토코가 없는데도 아무렇지 않게 살고 있다는 것에, 역시 충격을 받았어."

머나먼 어딘가를 향하는 듯한 그 말이, 밤하늘 너머로 녹아 들어갔다.

난간에 둔 손을 지그시 응시하고 있는 미오리의 얼굴은, 안타까움으로 가득 차 있었다. 눈동자가 쓸쓸함으로 가득 차 있었다.

안타까움과 쓸쓸함. 지금도 넘쳐흘러 나올듯한 두 마음은, 표면장력처럼 겨우겨우 형태를 유지하고 있었다. 그런 아슬아슬한 덧없음이, 미오리의 몸 전체를 감싸고 있었다.

"저기, 아즈사가와."

"왜?"

"토코가 죽었을 때…… 도망치지 말고, 나도 아즈사가와처럼 그걸 막으려 했으면 어땠을까?"

"……."

사쿠타는 대답을 하지 못했다. 긍정도, 부정도, 공감도 할 수 없었다. 방금 미오리가 한 말은, 그녀가 쭉 가슴 속에 품은 채 누구에게도 건네지 못한 마음 같아서였다.

입에 담았다는 사실에, 분명 의미가 있을 것이다.

사쿠타에게 그 말을 했다는 것 자체가, 대답이 되리라고 생각했다.

그리고 그 생각이 틀리지 않았다는 것을, 미오리가 태도로 증명했다.

"그냥 해본 말이야."

미오리는 농담이라는 듯이, 멋쩍은 웃음을 흘렸다.

“저기, 미토.”

“응?”

미오리가 사쿠타를 힐끔 쳐다봤다.

“언제든지 나를 불러.”

사쿠타는 먼 곳의 경치를 응시하며, 미오리에게 그렇게 말했다.

“키리시마 토코의 이야기를 하고 싶다면, 언제든 나를 불러.”

“『왜?』라고 묻는 건, 너무 눈치 없는 짓일까?”

“미토는 내 친구라서야.”

사쿠타는 일부러 그 말을 입에 담았다.

“그럼, 아즈사가와.”

“왜?”

“다음에, 함께 『그것』을 사러 가지 않을래요?”

“그것?”

미오리는 조금 떨어진 전망대에서 셀카를 찍고 있는 커플을 쳐다봤다. 그 손에는 당연히 스마트폰이 쥐어져 있었다.

“언제든 부르려면 필요하지 않겠어?”

“그건 그래.”

그 대답은 의외로 자연스럽게 입안에서 흘러나왔다.

“또 에노시마에 가자는 말을 할 때도 필요할 거야.”

“뭐, 생각해볼게.”

그 말 또한, 반사적으로 입에서 흘러나왔다.

"이 사람, 살 생각 없는 게 분명해~."

사쿠타의 미적지근한 태도를 본 미오리는 웃음을 터뜨렸다.

그러자, 사쿠타 또한 쓴웃음을 흘렸다.

그런 두 사람을, 달빛이 조용히 비춰줬다.

3

사쿠타와 미오리가 에노시마를 벗어난 시간은 오후 열 시 전이었다. 경찰이 벤텐 다리를 봉쇄한다는 것을 떠올린 두 사람은 서둘러 주차장으로 돌아갔다.

경찰차가 배치된 다리를 건너면서, 에노시마를 벗어났다. 그대로 렌터카를 몰아서 쇼난 모노레일의 쇼난 에노시마 역까지 미오리를 바래다줬다.

"오오후나까지 데려다줄게."

"으음~, 모노레일로 돌아가면 되니까 괜찮아."

미오리가 그렇게 말한 것이다.

인적 없는 역 앞에서 차를 세웠다.

"그럼, 내일 대학교에서 봐."

차에서 내린 미오리는 차 안을 들여다보며 그렇게 말했다.

"내일 학교에서 보자."

사쿠타가 비슷한 말을 입에 담자, 미오리는 미소를 머금었다. 그리고 문을 닫은 후, 잘 가라는 듯이 손을 흔들었다.

개운한 표정을 하고 있는 미오리에게 배웅을 받으면서, 사쿠타는 다시 차를 출발시켰다.

목적지는 후지사와 역 방면. 역 근처에 렌터카 업체에 차량을 반납해야만 한다.

"또 이용해 주시길."

차에 흠집이 없는지 체크한 젊은 남성 직원에게 그런 말을 들으면서, 사쿠타는 렌터카 업체를 나섰다.

곧 밤 열 시 반이다.

일요일의 역 앞은 평일에 비해 사람이 적었다. 평소와 같은 루트로 집을 향해 걷고 있을 때, 사쿠타가 익히 아는 이름이 들려왔다.

"동영상 봤어? 사쿠라지마 마이가 아니래."

"키리시마 토코 말이지? 나도 봤어."

여자 대학생으로 보이는 두 사람이 약간 취한 목소리로 그렇게 말했다.

그 두 사람의 뒤편에 있던 남자 대학생으로 보이는 두 사람이 이야기에 끼어들면서 들뜬 목소리로 왁자지껄 떠들어대고 있었다.

그 네 명의 남녀는 그대로 역 안으로 사라졌다.

"이제, 원래대로 돌아온 거겠지?"

마이는 자기 입으로 「나는 키리시마 토코가 아니야」라고,

사쿠타에게 똑똑히 말했다.

현실을 바꿨던 미오리의 사춘기 증후군도, 오늘을 통해 해소됐을 것이다.

그러니, 전부 원래대로 되돌아갔으리라.

그러니, 집에 돌아가더라도 『카에데』는 없다.

그렇게 되리라는 것은 알고 있었다…….

알고 있었던 사실을 이렇게 다시 의식하자, 사쿠타는 발걸음이 약간 무거워졌다.

가슴이 옥죄어들었다.

자연스럽게 고개를 숙이고 말았다. 그렇게 땅을 바라보며 걷고 있을 때…….

"어라? 선배?"

귀에 익은 목소리가 들려왔다.

고개를 들었다.

"아, 역시 선배 맞네."

느긋한 표정으로 사쿠타에게 다가온 이는 토모에였다.

"선배, 이런 시간에 혼자서 뭐 하는 거야?"

"코가야말로, 이렇게 늦은 시간에 뭐 하는 건데? 빨리 집에 돌아가라고."

"나는 오늘 아르바이트하는 날이었거든?"

토모에는 불만을 표시하듯 볼을 부풀렸다.

"대학생이 되어서, 열 시 이후에도 일할 수 있단 말이야."

"참, 그랬지."

사쿠타는 자신을 올려다보는 토모에를 지그시 응시했다.

"왜, 왜 그래?"

"대학, 즐거워?"

"열심히 익숙해지는 중이야. 매일 입고 갈 옷을 고르는 것도 힘들다니깐."

토모에다운 고민이다.

"게다가 시간표도 직접 짜야만 하잖아."

지금도 고민하고 있다는 듯한 표정으로, 토모에는 덧붙여 말했다.

"그거, 확실히 골칫거리이긴 해."

"하지만 나나와 함께라 안심이야. 그리고 선배도 있잖아."

"……."

토모에가 별생각 없이 한 말이, 사쿠타는 마음에 걸렸다. 뚜렷하게 말이다. 친구인 요네야마 나나가 있고, 사쿠타도 있다……는 말이 어떤 점을 가리키고 있었다.

"……저기, 코가."

몸이 긴장되는 것이 느껴졌다.

"왜?"

심장 박동이 점점 빨라지는 게 느껴졌다.

"코가는 나와 같은 대학에 다니고 있는 거야?"

머뭇거리며, 확인을 위해 그렇게 말했다. 그런 사쿠타의 목소리는 메말라 있었다.

"뭐? 또 그 소리야?"

코가는 그 말을 듣자마자, 어처구니없다는 반응을 보였다.

하지만, 이어서…….

"선배, 괜찮아?"

……하고 말하며, 진심으로 걱정해 줬다.

토모에는 당혹감이 어린 눈동자로 사쿠타를 올려다봤다. 사쿠타가 던진 질문의 의도를 이해하지 못한 듯한 표정이었다. 자기가 방금 한 말을 전혀 의심하지 않는 듯한 표정이었다.

그런 토모에의 시선을 받자, 사쿠타는 현기증이 날 것만 같았다. 자신의 인식과 토모에의 인식이 어긋나 있었다.

마이는 원래대로 되돌아왔다.

하지만, 토모에의 현실은 여전히 바뀐 상태였다.

그 사실이, 사쿠타의 내면에 새로운 우려를 자아냈다.

토모에의 현실이 원래대로 되돌아오지 않았다면, 다른 현실 또한 원래대로 되돌아오지 않았을지도 모른다.

가장 먼저 떠오른 것은 『카에데』의 얼굴이었다.

아직 집에 있을지도 모른다.

그 생각에 발치에서부터 초조함에 치밀어올랐고, 사쿠타의 무릎 언저리까지 불안의 늪에 빠뜨렸다.

"미안해, 코가! 급한 볼일이 생겼어! 조심해서 돌아가!"

그렇게 말한 사쿠타는 그대로 어딘가를 향해 뛰어갔다.

"어! 잠깐만, 선배!"

등 뒤에서 들려오는 토모에의 목소리가 어느새 멀어지고 말았다.

입체 보행로의 계단을 뛰어 내려가서…….

빨간 신호가 바뀌길 마음을 졸이며 기다렸고…….

건널목을 뛰어서 건넌 다음…….

사카이 강에 걸린 다리를 건넌 후…….

완만하게 이어지는 언덕길을, 사쿠타는 숨을 헐떡이며 전력 질주로 뛰어 올라갔다.

심장이 아플 정도로 뛰고 있었다.

호흡이 흐트러진 탓만이 아니다.

무언가에 쫓기듯, 마음이 초조함에 물들었다. 의식이 짙은 안개에 휘감겼다. 눈에 보이지 않는 불안이 가슴을 옥죄어 들었다. 덕분에 금방 숨이 찼다. 호흡은 이미 한계에 도달했다. 그런데도, 사쿠타는 달리기를 멈추지 않았다. 멈출 수 없었다.

1초라도 빨리 집에 돌아가고 싶다.

돌아가서 확인해야 하는 것이 있다.

결국 평소엔 걸어서 10분 정도 걸리는 거리를, 사쿠타는 5분 만에 주파해서 집에 도착했다.

엘리베이터에서 뛰쳐나온 후, 익숙한 집의 문 앞에 섰다.

거기서, 약간 숨을 골랐다.

실내에서 소리는 들리지 않았다.

사쿠타의 숨소리 말고는 들리는 것이 없었다.

호주머니에서 열쇠를 꺼낸 후, 떨리는 손으로 문을 열었다.

방안은 어둑어둑했다.

현관에 들어섰지만, 인기척은 느껴지지 않았다.

하지만 신발을 벗으려던 순간, 현관에 놓인 갈색 로퍼가 눈에 들어왔다.

"이건 카에데의……."

이어서 거실 쪽에서 나스노의 「냐옹~」 하는 울음소리가 들려왔다. 그 뒤를 이어…….

"어서 와요, 오빠!"

후드가 달린 판다 잠옷을 입은 카에데가 모습을 보였다.

양손을 들면서, 사쿠타의 귀가를 환영하고 있었다.

"『카에데』 맞지……?"

사쿠타는 무심결에 갈라진 목소리로 그렇게 물었다.

"카에데는 카에데인데요?"

왜 그런 것을 묻는 건가요, 하고 카에데는 표정으로 말하고 있었다. 의문을 표시하듯 몸을 옆으로 기울이고 있었다.

물론, 놀라기는 했다.

왜 아직 『카에데』가 존재하는 건지 의아했다.

하지만, 카에데와 마주한 사쿠타가 가장 먼저 느낀 것은 다른 감정이었다.

"마이 씨가 키리시마 토코 씨가 아니었네요. 깜짝 놀랐어요!"

순진한 목소리로 그렇게 말하는 카에데를 보면서, 사쿠타는 안도했다.

아직 『카에데』가 여기 있다. 여기에 있어줬다는 사실에 안심했다.

그런 자기 자신을 발견한 탓에, 마음이 초조함에 사로잡혔다. 눈앞의 현실에 기뻐하는 자기 자신을 숨기려는 것처럼, 다른 생각을 했다.

아직도 『카에데』는 여기에 있다.

이것이 현실이다.

그렇다면, 그 이유는 하나뿐이다.

아직 끝나지 않았다.

마이는 원래대로 돌아왔지만, 바뀐 현실도 존재했다.

토모에가 그런 것처럼. 카에데가 그런 것처럼.

그 외에는 어떨까.

"오빠?"

현관에서 꼼짝도 하지 않는 사쿠타의 얼굴을, 카에데가 의아한 듯이 쳐다봤다.

"아무것도 아냐. 다녀왔어."

신발을 벗고 집 안으로 들어갔다. 의문을 풀기 위해, 사쿠타의 발은 거실로 향했다.

가장 먼저 손에 쥔 것은 전화기다.

수화기를 들고, 리오의 번호로 전화를 걸었다.

첫 신호음에는 연결되지 않았다.

"……."

두 번째 신호음에도 마찬가지였다.

"……."

세 번째 신호음의 중간에, 전화가 연결됐다.

"사쿠타, 무슨 일이야?"

들려온 것은 리오가 아니라 다른 남자의 목소리였다. 하지만, 아는 목소리였다. 쿠니미 유마의 목소리였다.

"왜 쿠니미가 받는 거야. 나는 후타바에게 전화를 걸었다고."

"지금 전화를 못 받는다네."

"후타바는 뭐해?"

"물리 문제를 풀어. 내일 학원에서 가르쳐야 한대."

"쿠니미는 뭐 하는데?"

"고생 중인 여친을 느긋하게 쳐다보고 있어."

그것은 정말 행복한 시간이리라.

"그래서, 사쿠타의 볼일은 뭐야?"

"쿠니미의 자랑질 덕분에 이미 마쳤어."

유마가 리오를 『여친』이라고 말한 순간, 사쿠타는 용건은 사라졌다.

"방해해서 미안해."

무슨 말을 하는 유마의 목소리를 무시하면서, 사쿠타는 수화기를 내려놨다.

"뭐가 어떻게 된 거야……."

"오빠? 무슨 일 있어요?"

나스노를 안아 든 카에데가 의아한 표정을 짓고 있었다.

하지만 사쿠타는 그 의문의 답을 알지 못했다.

사쿠타도 무슨 일이 일어난 건지, 모르니까…….

사쿠타야말로 누가 답을 알려줬으면 싶었다.

의문이 머릿속을 가득 채웠다. 머릿속이 너무 혼잡해서 아무것도 할 수가 없었다. 무엇을 어디서부터 어떻게 생각하면 될지도 모르겠다.

사쿠타의 사고회로는 완전히 정지됐다.

바로 그때, 전화기가 울렸다.

처음에는 유마가 전화를 걸어왔다고 생각했다. 유마로서는 사쿠타가 이야기 도중에 전화를 끊은 것 같을 테니 말이다.

하지만, 그렇지 않았다.

디스플레이에 표시된 것은 리오의 전화번호도, 유마의 전화번호도 아니었다.

하지만, 사쿠타가 아는 전화번호이기는 했다.

다시 수화기를 쥔 사쿠타는 그것을 귀에 대더니…….

"아카기야?"

……하고, 앞쪽으로 몸을 숙이며 말했다.

“응. 오래간만이야.”

수화기에서 들려온 것은 이쿠미의 차분한 목소리였다. 그 발언에서는 위화감이 느껴졌다.

“일주일 전에 페스티벌에서 만났잖아.”

오래간만이라고 말할 만큼 시간이 흐르지는 않았다.

“그날 이후로 연락이 안 된다며, 카미사토가 걱정했어.”

사쿠타는 문뜩 생각난 일을 언급하며 말을 이었다.

하지만 그 말을 무시하는 것처럼…….

“……이쪽의 아즈사가와와 이야기를 나누는 건 네 달 만이거든.”

……하고 이쿠미는 말했다.

방금, 이쿠미는 네 달 만이라고 말했다.

그 말에, 짚이는 구석이 있었다. 그렇게 생각하면 「오래간만이야」라고 말한 것도 이해가 됐다.

“……설마, 건너편 세계의 아카기인 거야?”

“지금 나올 수 있겠어? 만나줬으면 하는 사람이 있거든.”

“만나줬으면 하는 사람?”

“옛날에, 후배와 서로의 엉덩이를 걷어찼던 공원에서 기다리고 있을 거래.”

이쿠미의 그 말은, 사쿠타를 불러내기 위한 발언으로서 더할 나위 없는 의미를 담고 있다.

“……알았어. 지금 갈게.”

오늘은 이런저런 일이 있었지만, 아직 끝나지 않은 것 같
았다.

4

한 시간 후면 날짜가 바뀌는 한밤중의 주택가는, 정적에
휩싸여 있었다.
"잠시 나갔다 올게."
카에데에게 그렇게 말하며 밖에 나온 사쿠타는 사람 한
명 없는 길을 걸으며 인근의 공원으로 향했다.
옛날에, 후배와 서로의 엉덩이를 걷어찼던 공원.
흐릿한 가로등 불빛만이, 공원 안을 어렴풋이 비추고 있
었다.
그 안에 발을 들이자, 컬러풀한 정글짐 옆에 있는 누군가
가 보였다.
아까 사쿠타에게 전화를 걸었던 아카기 이쿠미다. 건너편
세계의 이쿠미다.
이쿠미도 사쿠타를 보더니, 희미하게 고개를 끄덕였다.
두 사람은 대화를 나누지 않았다. 그것보다 먼저, 사쿠타
의 의식은 가로등 아래의 벤치로 향하고 있었다.
사람보다 커다란 물체가 거기에 앉아있었다.
눈에 익은 핑크색 토끼 인형탈.

그 커다란 머리가, 사쿠타의 발치를 보더니 희미하게 움직였다.

분명 누군가가 안에 들어가 있었다.

"미토가 바로 키리시마 토코였어."

사쿠타는 그렇게 말하면서, 토끼 옆에 앉았다.

"그건 알고 있어."

들려온 것은 낯선 목소리.

위화감이 느껴지는 목소리.

자신과 흡사한 목소리였다.

"미토의 문제는 해결됐을 거야. 마이 씨도 원래대로 돌아왔어. 하지만, 다른 현실은 여전히 바뀐 상태라고."

"그것도, 알고 있어."

"게다가 건너편의 아카기까지 나타나더니, 너까지 등장했잖아. 대체 뭐가 어떻게 된 거야?"

"우선, 네 착각부터 고쳐주겠어."

"착각?"

"현실을 바꾼 건, 미토 미오리가 아니야."

"……뭐?"

전제조건 자체를 뒤집는 발언이기에, 사쿠타는 당황했다.

"그럼, 대체 누군데?"

사쿠타의 입에서 가장 먼저 나온 것은 그런 당연한 의문이었다.

그 말을 들은 토끼의 머리가 움직였다. 사쿠타를 향해 약간 움직였다.

"바로 너야. 아즈사가와 사쿠타."

"윽?!"

"미토 미오리의 사춘기 증후군은, 다른 거야."

사쿠타의 경악이 잦아들기 전에, 토끼는 이어서 말했다.

"그럴 리가 없어. 미토가 자기 입으로 말했거든? 아침에 일어날 때마다 현실이 조금씩 달라졌다고 말이야."

사쿠타는 인정할 수 없다는 듯이, 반사적으로 반론했다.

"그녀에게는 그렇게 보인 거겠지."

"그게 무슨 소리야?"

"아마 그녀는 온갖 가능성의 세계에서 같은 미토 미오리로 동시에 존재하고 있어. 원래라면 말이지."

"동시에……? 같은?"

그 말을 되새기며, 어떻게든 받아들였다.

머릿속을 정리하듯…….

"그렇다면 네 쪽의 가능성의 세계에도, 이쪽과 똑같은 미토가 있다는 거야?"

……하고, 사쿠타는 토끼에게 물었다.

"그래. 내 세계에도 기억과 경험이 전부 동일한 미토 미오리가 존재하고 있었을 거야. 나와 아카기는 가능성의 세계에 따라서 경험과 성격이 다소 차이 나는 데도 말이지. 바꿔 말하자면, 미토 미오리는 온갖 세계에서 오직 단 한 명만 존재한다고도 말할 수 있어."

"……."

"그 점을 누구도 눈치채지 못했다면, 미토 미오리는 온갖 세계에 동시에 존재할 수가 있겠지. 마치, 관측되지 않으면 위치가 확인되지 않는 입자처럼 말이야."

"어디에 있는지 모르면, 어느 세계에도 있을 수 있다……는 거야?"

"그런 논리야."

"하지만, 그걸 눈치챈 사람이 있다면……."

그게 누구인지는, 토끼가 이미 이야기했다.

"네가 내 세계에 왔고, 이어서 내가 이쪽 세계에 왔을 때…… 아즈사가와 사쿠타는 여러 개의 가능성의 세계가 존재한다는 것을 확연히 인식했어. 그런 상황에서 나와 네가 동시에 미토 미오리를 관측한다면 어떻게 될까?"

"미토가 두 명 존재하는 게 돼."

"하지만, 미토 미오리는 한 명만 존재할 수 있어."

"그러니 내가 미토를 관측하고 있을 때는, 다른 가능성의 세계에서 미토가 관측되지 않는다는 거구나? 모순이 발생할 테니 말이야."

"실제로 내 세계에서는 미토 미오리가 관측되지 않았어."

그것은 페스티벌 날에 이쿠미를 통해서 받은 메시지에 적혀있던 내용이다.

"거기까지는 알겠어. 하지만 내가 왜 현실을 바꾸고 있다는 건데? 그런 게 가능한 건 역시 미토 아냐?"

"물론 원인의 절반은 미토 미오리에게 있어. 온갖 세계에 존재한다는 건, 온갖 세계를 동시에 관측하고 있다는 의미야. 그녀는 모든 세계를 알아. 미토 미오리라는 하나의 점에, 모든 세계가 포개져 있다고도 할 수 있지. 아마 그녀를 통로로 삼아서, 이 세계의 많은 사람들은 원래의 현실과는 다른 가능성을 인식하고 만 거야. 『#꿈꾸다』를 통해 이야기한 것처럼 말이지."

"……."

"너도 꿈을 꿨지?"

"그래."

"『#꿈꾸다』의 글도 봤을 거야."

"봤고, 들었어. 여러 꿈 이야기를 말이야."

"그렇게, 너는 다른 가능성의 세계를 자기도 모르게 관측했어."

"즉, 내가 관측한 대로 세계가 바뀐다는 말이 하고 싶은 거야?"

"그래. 게다가, 아마도 너에게 유리한 형태로 말이지."

"……."

"사람은 자기가 보고 싶은 형태로 현실을 해석해."

순순히 받아들일 수 있는 이야기가 아니었다.

완전히 이해할 수 있는 이야기도 아니었다.

딱 하나 분명한 건, 지금도 현실이 뜯어고쳐진 채라는 점이다.

"네가 현실을 바꾼 영향은, 내 세계에도 발생하고 있어."

"……뭐?"

"쿠니미와 후타바야. 내가 아는 두 사람은 작년 가을부터 사귀기 시작했어. 그게 바뀌면서, 쿠니미는 카미사토와 계속 사귀고 있는 게 됐어."

"네 쪽의 현실이 내 쪽의 현실이 되면서, 내 쪽의 현실이 네 쪽의 현실이 된 거야……?"

"그렇게 받아들이는 게 자연스럽겠지. 아마 다른 가능성의 세계에서도 같은 일이 일어나고 있을 거야."

"전에 미토가 말했어. 다양한 나를 만났다고 말이야. 오십 명 정도 된다고 했었어."

"적어도, 오십 개의 가능성의 세계가 존재한다는 거지."

"그 세계가, 지금 섞이고 있다는 거야……?"

토끼는 천천히 고개를 끄덕였다.

"어떻게 하면, 세계를 원래대로 되돌릴 수 있는데?"

"간단해."

토끼는 천천히 자리에서 일어났다.

"관측자가 사라지면 돼."

감정이 어리지 않은 눈동자가 사쿠타를 향했다.

"윽!"

그 불길한 기척을 느낀 사쿠타는 반사적으로 자리에서 일어났다.

토끼로부터 두세 걸음 정도 거리를 벌렸다. 그러자, 토끼가 반걸음 정도 다가왔다.

사쿠타가 더 물러서려 한 순간, 그와 토끼 사이에 끼어드는 이가 있었다.

이쿠미였다.

사쿠타를 감싸려는 듯이, 토끼를 막아섰다.

"이야기를 나눌 뿐이라고 말하지 않았어?"

약속과 다르지 않냐는 듯한, 나무라는 듯한 어조로 이쿠미는 토끼에게 말했다.

"농담 좀 했을 뿐이야."

그렇게 말한 토끼는 슬며시 웃더니…….

"이건, 최후의 수단이거든."

……하고, 전혀 웃기지 않는 말을 입에 담았다.

"그것도 농담이면 좋겠는걸."

등을 타고 식은땀이 흘렀다. 긴장의 끈이 팽팽해졌다.

"그렇게 생각한다면, 1초라도 빨리 현실을 되돌려놔. 다른 가능성의 세계에서도, 내가 찾아올지도 모른다고."

"한 명으로 충분하거든?"

"그중에는 나보다 과격한 수단을 선택하는 내가 있을지도 몰라."

"진짜 웃기지도 않는걸."

"이 세계에 『카에데(花楓)』와 『카에데』가 있다면, 어느 세계에서는 『카에데』가 없어졌을 가능성이 커. 그런 상황에서, 아즈사가와 사쿠타가 가만있을 것 같아?"

"……."

그럴 리 없다. 그래서, 일부러 말하지 않았다.

토끼가 말한 것처럼, 다른 가능성의 세계에서 아즈사가와 사쿠타가 찾아올지도 모른다. 토끼 인형탈을 입고.

"내가 해줄 수 있는 말은 이게 마지막이야."

토끼는 사쿠타를 똑바로 바라봤다.

"……."

그 눈을, 사쿠타는 말없이 응시했다.

"지금 바로 사춘기 증후군을 부정해."

"……."

한순간, 토끼가 무슨 말을 하는 건지 이해하지 못했다.

무슨 말을 들은 건지 모르겠다.

모르는 말을 들은 듯한 느낌마저 들었다.

"지금, 뭐라고 했어……?"

그래서, 갈라진 목소리로 되물었다.

"지금 바로 사춘기 증후군을 부정해."

토끼는 아까와 똑같은 말을 다시 입에 담았다.

머릿속으로, 사쿠타는 몇 번이나 되풀이했다.

―지금 바로 사춘기 증후군을 부정해.

……하고 말이다.

"네가 사춘기 증후군을 인식하지 못하게 되면, 관측자는 사라져."

"……."

"그것으로, 이 문제는 해결돼."

"……진심으로 하는 말이야?"

"그래. 사춘기 증후군 같은 건 존재하지 않아."

"이제 와서 어떻게 그러냐고……!"

사쿠타는 감정을 억누르며 떨리는 목소리로 말했다.

"아무도 믿어주지 않은 탓에, 나와 카에데가 그 시절에 어떤 마음이었는지 알아?! 너도 알고 있잖아?"

자연스럽게 언성을 높였다.

"쇼코 씨와 만난 것도……. 마이 씨와의 일도……. 사춘기 증후군 덕분이야. 그걸 이제 와서 부정할 수 있을 것 같아?!"

눈앞에 있는 토끼라면 이해하리라고 생각했다.

전부 동일하지는 않더라도, 안에 있는 사람은 동일한 『아즈사가와 사쿠타』일 테니 말이다. 비슷한 경험을 통해, 비슷한 기억을 가지고 있을 테니까…….

"전부, 착각이었어. 지금 나 자신과 이야기를 나누는 것도, 좀 이상한 꿈을 꾸고 있을 뿐이지 진짜가 아냐. 현실이 아냐.”

하지만 사쿠타가 이렇게 감정이 끓어오르는데도, 토끼는 그저 담담히 이야기를 이어갔다.

그 태도가, 사쿠타를 더욱 흥분하게 만들었다.

“지금까지 있었던 일을 전부 잊으라는 거야? 없었던 일로 여기라는 거야?”

“그것도, 하나의 방법이겠지.”

“전부 없었던 일로 하면, 뭐가 남는데?”

“…….”

토끼는 바로 대답하지 않았다.

사쿠타를 지그시 응시하며, 뭔가 말을 찾는 것처럼 보였다.

“이렇게 이야기를 나눠보고, 알았어.”

몇 초 후, 토끼가 혼잣말을 늘어놓듯이 중얼거렸다.

“모든 아즈사가와 사쿠타 중에서, 네가 가장 사춘기 증후군을 믿는 거야.”

“…….”

“적어도 나는 고등학교를 졸업한 후로는 사춘기 증후군을 접한 적이 없어. 이번 일에 휘말리기 전까지는 말이지.”

토끼가 이쿠미를 쳐다봤다. 계기가 된 것은 이쿠미가 뒤바뀐 일이었으며, 그 이쿠미를 통해 전해준 메시지였으니까…….

“곧, 날짜가 변하겠네.”

토끼는 스마트폰을 손에 쥐고 있었다.

이쿠미도 스마트폰을 꺼내서 시간을 확인했다.

시계가 0시를 가리켰다. 길었던 4월 9일이 드디어 끝나고, 4월 10일이 됐다.

"4월 10일은……."

이쿠미는 핑크색 토끼를 쳐다봤다.

"해피 버스데이, 아즈사가와 사쿠타. 오늘로 너는 스무 살이야."

토끼가 보내는 축하의 박수가, 한밤의 공원에 허무하게 울려 퍼졌다.

전혀 기쁘지 않았다.

감정은 여전히 당혹감에 사로잡혀 있었다.

이제까지 믿어왔던 것을 부정당한 사쿠타는 하늘과 땅이 뒤집힌 기분이었다.

"……."

어떻게든 반박하고 싶었다.

하지만, 입에서 말이 나오지 않았다.

마음속에서 맴도는 감정을, 머리 한편에 존재하는 냉정함이 가라앉혔다.

무엇 하나 납득하지 못했다.

하지만 머릿속의 논리적인 부분이, 토끼의 주장을 이해하기 시작했다.

청춘 돼지는 디어 프렌드의 꿈을 꾸지 않는다 15
©Hajime Kamoshida 2024
Illustration：Keji Mizoguchi
KADOKAWA CORPORTAION
[NOT FOR SALE]

NOVEL

애초에, 사춘기 증후군은 대체 뭘까.

자기 자신을 향한 그 질문은, 사쿠타에게 일종의 대답을 가져다줬다.

사춘기의 불안정한 마음이 보여주는 환상 같은 것.

성장을 통해, 발병하지 않게 되는 것.`

언젠가 끝나는 것.

그 막다른 곳에 서 있다는 사실을, 오늘 느닷없이 눈치챘다.

가슴 언저리가 술렁거리는 건, 초조함 탓이었다.

차량의 불빛이 공원을 가르고 지나갔다.

토끼와 이쿠미의 눈이 그 빛을 따라갔다.

사쿠타만이 미동조차 하지 않았다.

멀어져갈 줄 알았던 차 소리가, 점점 작아졌다. 하지만 그 차는 멀어진 것이 아니라, 근처에 섰다.

문이 열리는 소리가 등 뒤에서 들려왔다.

문이 닫히는 소리도 들려왔다.

누군가의 의아한 발소리가 다가오는가 싶더니…….

"사쿠타?"

등 뒤에서 목소리가 들려왔다.

고개를 들어서 뒤를 돌아봤다.

공원 입구에는 마이가 서있었다.

"이런 데서 뭐 하는 거야?"

한밤의 공원에 멍하니 서 있는 사쿠타를, 마이는 걱정스러운 눈길로 응시했다.

"토끼와 아카기가 찾아왔어요."

마이에게 그렇게 대답한 사쿠타는 토끼와 이쿠미를 돌아봤다.

하지만 방금까지 토끼가 있던 장소에는 핑크색 인형탈이 존재하지 않았다. 이쿠미의 모습도 보이지 않았다.

"토끼와 아카기 양? 무슨 소리야?"

마이가 다가왔다.

"방금까지 여기 있었어요. 아직 현실이 여전히 바뀐 상태인 게 내 탓이라는 걸 알려주려고……."

공원 안을 다시 둘러봤지만, 역시 토끼와 이쿠미는 보이지 않았다.

"정말 있었어요……."

상황을 이해하지 못한 사쿠타는 혼란스러운 탓에 몸에서 힘이 빠져나가면서…… 그대로 벤치에 주저앉았다.

눈앞까지 다가온 마이가, 사쿠타의 두 손을 움켜잡았다.

"이야기는 내일 차분히 들어줄 테니까, 오늘은 이만 돌아가자."

그녀의 오른손 약지에는 사쿠타가 선물한 하트 모양 반지가 끼워져 있었다.

손을 통해, 마이의 온기가 느껴졌다.

상냥함이 몸에 스며들어왔다.

“마이 씨는 현실이죠?”

그것은 불안에서 비롯된 말이었다.

마이는 사쿠타의 손을 놓더니, 그의 머리를 꼭 끌어안았다.

“이래도 환상 같아?”

온기에 휩싸였다.

마이의 심장 소리가, 평온함을 가져다줬다.

“아뇨.”

사쿠타는 매달리듯, 마이의 등을 꼭 끌어안았다.

환상이 아니다.

그렇기에, 절대 놓고 싶지 않다고 사쿠타는 생각했다.

제3장

후지사와 출발 22시 50분 카마쿠라행

1

다음날, 4월 10일 아침. 1교시에 맞춰 집을 나선 사쿠타는 마이가 운전하는 차의 조수석에서, 앞에서 달리는 차의 번호판을 봤다. 『쇼난』이라는 글자 옆에, 네 자리 숫자가 적혀 있었다.

차 안에는 사쿠타와 마이 뿐이다.

짤막하게 아침 인사를 나눈 후, 사쿠타는 이야기를 시작했다.

어제까지 일어난 불가사의한 일에 대해…….

어젯밤, 토끼 인형탈에게 들은 충격적인 사실에 대해…….

그 믿기지 않는 이야기를, 사쿠타는 차근차근 마이에게 들려줬다.

핸들을 쥔 마이는 때때로 짤막하게 맞장구만 쳤다. 의문은 단 한 번도 드러내지 않았다.

그렇게 사쿠타가 오늘까지의 일을 전부 이야기했을 즈음에는, 차가 출발하고 20분 이상이 흘렀다.

신호등의 빨간색 신호가 파란색으로 변했다.

엑셀을 밟아서 차를 달리게 하면서, 마이는 그제야 입을 열었다.

"그럼 내가 나를 『키리시마 토코』라고 여겼던 건, 지금 일어나고 있는 현실의 변화와는 다른 일이었던 거구나."

"고등학교 때와 같다고 생각해요."

"내가 사람들에게 인식되지 않게 됐던 것 말이야?"

마이가 확인하듯 그렇게 말하자, 사쿠타는 깊이 고개를 끄덕였다.

"전교생이 마이 씨를 못 본 척하는 바람에 마이 씨가 진짜로 보이지 않게 된 것처럼, 사람들이 마이 씨를 『키리시마 토코』라고 여기는 바람에 마이 씨는 『키리시마 토코』가 된 거예요……."

흰색도, 다들 검은색이라고 말하면 검은색이 된다.

그런 건, 흔한 이야기다.

"나 말고…… 다른 현실이 바뀐 건, 사쿠타가 원인인 거구나?"

"토끼 인형탈이 한 말에 따르면요."

"『사쿠타는 사춘기 증후군을 너무 믿는다』라……."

마이는 혼잣말하듯, 토끼가 한 말을 중얼거렸다.

"……."

"그 말, 좀 이해가 돼."

"……그래요?"

사쿠타는 뜻밖의 말을 입에 담은 마이를 쳐다봤다.

"사쿠타는 누구보다도 사춘기 증후군을 많이 접했잖아?"

마이는 앞을 쳐다보며, 사쿠타의 시선에 답했다.

"일상적으로 불가사의한 일을 경험하다 보면, 어느새 그걸 당연하게 여겨지더라도 이상할 게 없어."

마이는 핸들을 꺾으면서 대학 근처의 입체 주차장에 차를 집어넣었다. 햇빛이 비치지 않는 차 안에서 그럴지도 모른다고 생각하면서도, 사쿠타는 마이가 한 말을 긍정할 수 없었다.

사춘기 증후군을 당연하게 여기는 자기 자신이, 타인과 감각이 어긋나 있다는 자각이 없으니까.

하지만, 현실은 마이의 말이 옳다는 것을 증명하고 있었다.

주차장을 나선 후, 대학으로 향하는 사쿠타의 발걸음은 아주 약간 무거웠다.

하지만 마이가 옆에 있기에 땅을 쳐다보며 고민에 잠길 수도 없었다.

정문 앞의 차단기가 올라가기를 기다린 후, 마이와 함께 선로를 건넜다.

1교시에 맞춰 역에서 대학으로 향하는 학생들이 드문드문 행렬을 만들고 있었다.

그 행렬에 합류한 사쿠타와 마이는 정문을 통해 대학 안으로 들어갔다.

가로수길을 나아가는 두 사람에게, 당연한 듯이 주위의 시선이 쏠렸다. 인기 여배우인 『사쿠라지마 마이』가 연인과 함께 당당히 걷고 있으니, 당연한 일일지도 모른다. 하지만 오늘만큼은, 어제 생방송된 음악 방송의 내용이 영향을 미치고 있는 게 명백했다. 마이가 아니라, 진짜 『키리시마 토코』의 정체가 드러났으니까…….

"미오리는 고생이 많을 거야."

"그렇겠죠."

분명, 오늘은 수많은 사람에게 둘러싸일 것이다.

등교하는 학생들이 가로수길을 따라 오른편으로 돌더니, 학교 본관으로 향했다. 그 흐름에 따라 나아가던 사쿠타는 일직선인 가로수길 끝에 멀뚱멀뚱 서 있는 누군가를 발견했다.

원피스와 밀리터리 재킷을 걸친 여자 대학생.

본관으로 향하는 학생들을 멍하니 쳐다보고 있는 건, 방금 언급한 미오리였다.

미오리와 시선이 마주쳤다.

본관으로 향하는 학생들의 행렬에서 벗어난 사쿠타는 가로수길을 곧장 나아갔다.

"사쿠타?"

마이가 의아한 목소리로 이름을 불렀다. 그녀는 당혹스러움이 묻어나는 발걸음으로 사쿠타의 뒤를 따랐다.

뭔가 이상하다고 생각했다.

어째서, 미오리가 멀뚱멀뚱 서 있는 것일까.

어째서, 사쿠타와 눈이 마주치고 살짝 놀란 것일까.

어째서, 아무도 키리시마 토코의 정체인 미토 미오리에게 관심을 보이지 않는 것일까.

이것과 비슷한 사태를, 사쿠타는 알고 있다.

고등학생 시절의 마이와 똑같다.

사쿠타 본인도 경험한 적이 있다.

그래서, 의문이 불길한 예감으로 바뀌었다.

"미토?"

초조함이 목소리에서 묻어났다.

"아즈사가와는, 내가 보이는구나."

미오리가 한 말은, 그녀의 상황을 단적으로 알려주고 있었다.

사쿠타의 의문은, 그 한마디를 듣자마자 풀렸다.

하지만, 그것은 아무런 의미도 없다. 의문은 문제로 바뀌었고, 거대한 당혹의 소용돌이가 사쿠타를 삼켰다.

"다른 사람에게 보이지 않는 거야?"

확인이 무의미하다는 것을 알고 있으면서도, 물어보지 않을 수가 없었다.

"그런 것 같아."

그렇게 대답할 수밖에 없던 미오리는 난처한 표정을 지으며 웃음을 흘렸다.

그런 미오리의 옆에 선 사쿠타는 본관으로 향하는 학생들을 쳐다봤다.

누구도 미오리를 신경 쓰지 않았다.

미오리가 손을 흔들어도, 다들 반응을 보이지 않았다.

양손을 흔들어도, 눈에 띄는 변화가 없었다.

그저 사쿠타를 힐끔 쳐다볼 뿐이었다. 누구도 미오리를 눈치채지 못했다. 누구에게도 보이지 않았다. 인식되지 않았다.

"오늘은, 막 우쭐대고 다닐 생각이었는데 말이야."

미오리는 쓴웃음을 머금으며 허세를 부렸다.

"저기, 사쿠타."

미오리가 말을 마친 순간, 마이가 입을 열었다.

"거기에, 미오리가 있는 거야……?"

마이는 미심쩍은 표정으로 3미터 정도 떨어진 곳에서 사쿠타를 응시했다. 사쿠타의 좌우에도 시선을 보냈지만, 마이의 눈동자에는 미오리가 비치지 않았다.

그 반응을 본 순간, 사쿠타의 몸은 그대로 얼어붙었다.

"마이 씨한테도 안 보이는 거예요?!"

놀라움을 감추지 못하며, 감정적으로 질문을 던졌다.

하지만 마이의 표정은 밝아지지 않았다. 의문에 찬 표정을 지으며 가만히 서 있었다.

"바로 여기 있잖아요!"

사쿠타가 손으로 옆을 가리켰지만, 마이의 시선은 미오리를 지나쳤다. 한동안 방황하던 시선은 다시 사쿠타를 향했다.

"……."

"……."

미오리도, 마이도, 말문이 막혔다.

세 사람 다 당혹스러운 표정을 지으며 멍하니 서 있을 뿐
이었다.

상황을 이해하고 받아들였지만, 사쿠타의 머리에는 아무
런 말도 떠오르지 않았다.

미오리 또한 입술을 꼭 다물 뿐이었다.

그런 와중에, 가장 먼저 입을 연 이는 마이였다.

"아마, 진짜인 거야."

홀로 납득한 것처럼, 그렇게 말했다.

"진짜라니, 뭐가요?"

그렇게 되묻자, 마이는 지면을 향하고 있던 시선을 들어서
사쿠타를 쳐다봤다.

"사쿠타가 관측자라는 이야기 말이야."

사쿠타를 지그시 응시하는 마이가 한 말은, 아까 차 안에
서 사쿠타가 해준 이야기였다. 토끼 인형탈에게 들은 이야
기로서…… 그것을 떠올리고 있는 듯한 어조였다.

"나한테는, 이제 미오리가 보이지 않아."

사실을 결정짓는 마이의 그 말에는 쓸쓸함이 담겨 있었
다. 아쉬운 마음이 묻어났다.

하지만, 그 안에 존재하는 것은 단순한 비장감만이 아니
다. 마이의 눈동자에는 아침 햇살 같은 조용한 온기가 어려
있었다.

이 상황에서 어째서 저런 표정을 짓는 건지, 사쿠타는 알

지 못했다.

마이의 마음을, 바로 이해하지 못했다.

"……."

그래서 아무 말도 하지 못하자, 마이가 먼저 입을 열었다.

"어릴 적에, 천장 무늬가 귀신처럼 보인 적 없어?"

"……."

대체 마이는 무슨 말이 하고 싶은 걸까. 역시, 알 수 없었다.

"하지만, 나이를 먹으면서 그게 그냥 무늬로 인식하게 된 적이……."

"있어요. 나는 머리카락이 긴 여자처럼 보여서…… 밤에 잘 때, 그쪽을 안 보려고 했죠. 어느새, 신경 쓰이지 않게 됐지만요."

"그렇게, 언젠가는 어릴 적의 귀여운 추억이 되잖아?"

마이는 사쿠타를 똑바로 바라봤다.

"……그래요."

"분명, 사춘기 증후군도 마찬가지일 거야."

"……."

침묵에 잠긴 사쿠타에게서, 마이는 시선을 떼지 않았다.

"나는 말이지? 사쿠타와 같은 경치를 보고 싶어."

"……."

쭉, 사쿠타를 똑바로 바라봤다.

"같은 경치를 보며, 앞으로도 함께 살아가고 싶어."

그녀의 말 또한 올곧았다.

얼버무리지도, 괜히 돌리지도, 부끄러워하지도 않았다.

그저, 사쿠타를 향해 전하고 있었다.

"그런 생각을 하고 있어."

벨이 울렸다. 수업 시작 5분 전을 알리는 예비종이다.

"먼저 가 있을게."

평소처럼 사쿠타를 향해 부드러운 미소를 머금은 후, 마이는 학생들의 행렬에 되돌아갔다. 마이는 사람들 사이로 되돌아갔다. 등을 꼿꼿이 편 아름다운 걸음걸이로, 자연스럽게 주위의 시선을 모으면서…….

"……"

그런 마이를, 사쿠타는 그저 쳐다보고 있을 수밖에 없었다.

이윽고 마이의 뒷모습은 본관 안으로 사라지더니, 시야에서 사라졌다.

"어른이 되란 말을 들었네."

망연자실한 사쿠타에게 그렇게 말한 사람은, 함께 마이를 쳐다보고 있던 미오리였다.

"……그래."

요약하자면, 미오리가 방금 말한 대로다.

실로 마이다운 발언이었다.

그 말을 듣고 기쁨과 분함과 슬픔을 느낀 사쿠타는 자기 자신을 비웃을 마음도 들지 않았다. 복잡하게 뒤엉킨 감정이, 머릿속에서 빙글빙글 맴돌고 있었다. 불쾌함을 동반하며, 몸속을 휘젓고 있었다. 하지만 아무리 몸속에서 날뛰어도, 배출구를 찾지 못했다.

"저기, 아즈사가와."

그런 사쿠타에게는 미오리의 목소리만이, 의식을 밖으로 인도할 유일한 길잡이였다.

"위로라도 해줄 거야?"

미오리는 천천히 고개를 저었다.

"오늘 밤, 시간 있어?"

그것은, 예상조차 못 한 말이었다. 그래서, 바로 대답하지 못했다.

"구체적으로 몇 시에 말이야?"

"오후 10시 50분."

지나치게 구체적인 시간이었다.

"그 시간이 뭘 할 건데?"

"후지사와에서 출발하는 에노전의 카마쿠라행 막차 시간이야."

"그러니까, 그 시간에 뭘 하자는 거냐고."

"나, 그 전철을 타고 다른 가능성의 세계에 갈 거야."

미오리의 말투는 평소와 다르지 않았다. 하지만, 그 말은 일상과 너무나도 동떨어져 있었다.

"……."

하지만 사쿠타는 무슨 말을 들은 건지, 바로 이해했다. 그래서 침묵했다.

"친구로서 배웅해주지 않을래?"

"토끼 인형탈 자식에게, 무슨 소리를 들은 거지?"

지금 생각나는 이유는 그것뿐이었다.

"오늘 아침에 오오후나역에서 나한테만 보이는 토끼 인형탈이, 이런 걸 줬어."

미오리가 토트백에서 꺼낸 건, 새하얀 봉투였다. 그 안에서 여러 장의 종이를 꺼내더니, 사쿠타에게 보여줬다.

그 종이에는 눈에 익은 글씨체가 적혀 있었다.

사쿠타의 글씨체다.

거기에 적힌 것은, 어젯밤에 사쿠타가 토끼 인형탈에게 들은 이야기였다.

"미토도 상황을 파악하고 있는 거구나."

"전부 이해한 건 아니지만 말이야. 여기와는 다른 세계가 있고, 나는 그 모든 세계에 동시에 존재하지만, 지금은 내가 없어서 곤란해진 세계가 있다, 같은 거지?"

"그래도 괜찮겠어?"

"다른 세계에서도 토코를 되찾아야만 하는 거잖아? 마이 씨에게 계속 맡겨둘 수는 없는걸."

"……하지만……."

"여러 세계를 봤다는 걸 안 덕분에, 좋았던 것도 있거든."

미오리는 사쿠타의 말을 끊으며 그렇게 말했다.

"좋았던 것?"

"응. 나는 그냥 도망치기만 한 게 아니라, 어딘가에 토코가 없는지 찾고 싶어 하는 마음도 가지고 있었다는 거잖아?"

그럴지도 모른다. 그렇지 않을지도 모른다. 어느 쪽이 정답인지 증명할 방법은 아마 없다. 그래서, 사쿠타는…….

"……그래. 분명, 그럴 거야."

미오리의 마음을, 긍정해 줬다.

"결과적으로, 내가 찾은 건 아즈사가와였지만 말이야."

"찾아서 다행 아냐?"

"뭐, 꽤 즐거운 나날이었어요."

"앞으로 더 즐거워질 텐데, 아쉬운걸. 모처럼 친구가 됐잖아."

"괜찮지 않아? 평생 못 보는 것도 아닌걸."

"또 만날 수 있으려나. 아마 나한테 달렸겠지?"

"천장의 귀신을 극복하면, 또 만날 수 있는 거잖아? 나는 어느 세계에나 나로서 존재하니 말이야."

"맞아."

말로는 그 말에 긍정하면서도, 마음은 긍정하지 못했다.

바뀌어버린 현실이 원래대로 되돌아갔을 때, 자신이 어떤 상태일지 알 수 없다. 토끼 인형탈의 말처럼 사춘기 증후군을 부정한다면…… 그런 것이 존재하지 않는다고 인정한다면, 사춘기 증후군을 계기로 한 모든 만남이 없었던 일이 될지도 모른다.

미오리와 만난 기억이 남아있을 거란 확증은 없다.

그래서, 약속하지 못했다.

"그럼, 오늘 밤 기다리고 있을게."

미오리는 등교하는 학생들과는 반대로, 정문을 향해 걸어 갔다. 아무도 미오리를 신경 쓰지 않았다. 시선을 보내지도 않았다. 눈치채지 못했다.

그런 미오리의 모습이 시야에서 사라질 때까지, 사쿠타는 그 자리에서 움직이지 않으며 그녀를 배웅했다.

2

미오리가 사라진 후, 사쿠타는 1교시 수업을 듣기 위해 건물 안으로 들어갔다. 3층 구석에 있는 강의실에 들어간 후, 창가의 빈자리에 앉았다.

강의실에는 학생들이 드문드문 있었으며, 약 3할 정도의 자리가 채워졌다.

언뜻 둘러보니, 아는 얼굴은 없었다. 대부분 다른 학부 학생이었다.

1교시는 곧 시작된다.

창밖을 쳐다보면서, 여전히 혼란스러운 머리를 어찌어찌 정리하고 있을 때였다.

"역시, 사쿠타도 교원면허를 딸 생각이구나."

옆에서 목소리가 들려왔다.

목소리가 들려온 곳을 향해 시선을 돌렸다.

옆에 앉은 이는 바로 노도카였다.

"토요하마는 교원면허 가진 아이돌이 목표구나."

이제부터 교원면허 취득 설명회가 시작되는 이 강의실에 있는 것을 보면, 노도카의 목적도 사쿠타와 같을 것이다.

"언니는 알고 있어?"

노도카는 가방에서 메모장과 필통을 꺼내면서 물었다.

"곧 이야기할 생각이니까, 비밀로 해줘."

"왜 말하지 않은 건데?"

노도카가 곁눈질로 사쿠타를 노려봤다.

"왜 나는 토요하마에게 혼나고 있는 거지?"

"언니가 신경 쓰고 있었거든."

"뭘?"

"『사쿠타는 선생님이 될 생각인 것 같은데, 나한테 이야기를 안 해』랬어."

그래서 노도카는 아까 「역시」라고 말한 것이다.

"사쿠타는 뭘 신경 쓰는 거야?"

"그런 것 없어."

"언니에게 말하지 않은 데는 이유가 있을 것 아냐."

"없어. 일단 교원면허를 따고 생각해볼까 싶어서, 괜히 말하지 않은 것뿐이야."

"그럼, 일단 따돌 생각이란 이야기만 하면 되겠네."

반론의 여지가 없는 정론이었다.

"……그것도, 그런걸."

노도카의 말에 납득했을 때, 대학교의 여성 직원이 강의실에 들어왔다.

"교원면허 취득 설명회를 시작할까 합니다. 희망자 여러분은 자리에 앉아 주세요."

약간 소란스럽던 강의실은 그 한마디에 바로 조용해졌다.

교원면허 취득 설명회는 한 시간 만에 끝났고, 1교시가 끝나기 30분 전에 해산하게 됐다.

옆에 앉아있던 노도카는 받은 자료를 서둘러 가방에 넣더니, 누구보다 먼저 자리에서 일어났다.

"언니한테 제대로 이야기해."

사쿠타를 내려다보며 일방적으로 그렇게 말한 노도카는 대답도 듣지 않고 바로 강의실을 나섰다. 그 뒷모습을 쳐다보고 있던 사쿠타는 자신과 마찬가지로 강의실 안에서 노도카를 주목하고 있는 학생이 몇 명이나 있다는 사실을 눈치챘다.

"실물도 귀엽네."

"인마, 너는 즛키~ 파잖아."

"나는 도카 양도 좋아한다고."

그런 태평한 대화가 들려왔다.

그들은 노도카의 옆에 앉아있던 사쿠타도 힐끔힐끔 쳐다보고 있었다. 그다지 기분이 좋지는 않았다. 그래서 사쿠타는 눈치채지 못한 척을 하며 바로 강의실을 나섰다.

지금은 그들을 신경 쓸 때가 아니다.

3

2교시의 통계학 수업이 시작되기 전의 강의실은 평소와 별반 다르지 않았다.

네다섯 명씩 모여 떠들고 있는 학생도 있는가 하면, 스마트폰을 만지작거리며 히죽거리는 학생도 있었다. 이미 책상에 엎드려 자는 학생도 있는가 하면, 강의실에 들어온 사쿠타를 보고 가볍게 손을 흔드는 학생도 있었다. 타쿠미였다.

사쿠타는 그런 타쿠미의 옆에 일단 앉았다.

그리고 이 익숙한 강의실을 둘러봤다.

앞쪽에 있는 남자 그룹은 어젯밤에 한 연애 리얼리티 방송 이야기를 나누고 있었다. 누구누구가 이어질 거다. 누가 귀엽다. 자기라면 누구와 사귄다. 그런 이야기를 멋대로 늘어놓으면서 말이다……

그것이야말로, 리얼리티하고 리얼한 대화다.

하지만, 사쿠타는 자기가 그들과 유리 한 장을 사이에 둔 다른 공간에 있는 듯한 느낌에 사로잡혀 있었다.

애초에 강의실의 의자에 앉아있는데도, 의자에 앉아있는 느낌이 들지 않았다.

눈에 비치는 광경에 현실미가 없었다.

자기 자신의 감각에도 현실미가 없었다.

보이는 것이 전부 꿈이나 환상일지도 모른다……. 그런 의문이 머릿속에서 소용돌이치고 있었다. 머릿속에서 맴돌며, 모든 생각을 빨아들이고 있었다.

이 강의실 안에, 대체 얼마만큼의 진짜가 존재할까.

얼마만큼의 가짜가 존재할까.

자기 눈에 비친 것을 믿을 수 없다면, 대체 무엇을 믿으면 될까.

"어이, 후쿠야마."

"왜~?"

"어른이 대체 뭐야?"

"……무슨 일, 있었어?"

뜻밖의 질문인 건지, 타쿠미는 바로 대꾸하지 못했다.

"아까 마이 씨한테, 어른이 되라는 말을 들었거든."

"……."

타쿠미는 입을 벌린 채 딱딱히 굳어버렸다. 사쿠타의 발언은 뜻밖인 정도가 아니라 예상을 완전히 넘어서는 임팩트를 지녔던 것 같았다.

"그거, 힘들겠네."

한참을 뜸을 들인 후, 타쿠미는 쓴웃음을 머금으며 사쿠타를 위로했다.

"만약 네네한테 그런 말을 들었다면, 나는 울음을 터뜨렸을 거야."

"그렇게 힘든 말을, 나는 마이 씨가 하게 만들었어."

타쿠미는 여전히 쓴웃음을 머금으며 말을 이었다.

"뭐, 일반적으로는 부모로부터 경제적으로 독립하는 것 아닐까?"

"지금 바로는 무리겠네."

앞으로 대학을 3년은 더 다녀야 한다.

"그 외에는, 집안일을 직접 한다거나?"

"청소나 세탁 같은 건 고등학생 때부터 직접 해왔어."

"그럼 회전하지 않는 초밥집에 혼자 가는 건 어때?"

"다음에 한 번 해봐야겠네."

"오래된 메밀국수집이나 가게 안이 보이지 않는 스낵바 같은 데 가는 것도 난이도가 높지."

타쿠미는 우쭐대듯 이런저런 말을 계속 늘어놨다. 하지만 마지막에는 진지한 표정을 짓더니……

"뭐, 내 경험에 비춰보자면 소중한 사람을 소중하게 여기는 거란 느낌이 들어."

타쿠미가 자조하는 듯한 웃음을 흘린 건, 소중한 사람을 소중히 여기지 못한 시기가 있어서다. 사쿠타도 그 점을 알고 있다. 자기 연인인 이와미자와 네네를, 타쿠미는 몇 달 동안 잊고 지냈다.

"네네를 잊었던 내가 이런 말을 하는 게 우습지 않아?"

타쿠미는 진지한 분위기를 얼버무리려는 것처럼 웃음을 흘렸다.

"경험자인 후쿠야마가 그렇게 말하니 설득력이 있는걸."

바로 그때…….

"즐겁게 무슨 이야기를 나누는 거야?"

……하고 말하며, 우즈키가 다가왔다.

우즈키는 사쿠타의 앞자리에 앉더니, 뒤편을 돌아보았다.

"히로카와 양은 말이야."

"응~?"

"무도관 단독 라이브 결정이 실은 꿈이었다면, 어쩔 것 같아?"

우즈키는 사쿠타의 질문을 듣더니, 눈을 크게 치켜떴다.

손을 뻗으면 닿을 거리에, 우즈키가 있다.

도저히 환상 같지 않았다.

사쿠타가 현실을 바꿔버린 결과라는 게 믿기지 않았다.

"좋은 꿈을 꿨다고 생각할 거야."

대답 또한 우즈키다웠다.

아무리 뜯어봐도, 본인이 틀림없다.

사쿠타가 아는 우즈키가 분명했다.

"역시 즛키~라니깐."

"다음에는 꼭 현실로 만들자면서, 의욕이 더욱 불타오를 거야."

우즈키는 말아쥔 양손에 힘을 꼭 줬다.

만약의 이야기인데도, 의욕을 불태우고 있었다.

"실망하지는 않을 거야?"

"그야, 하긴 하겠지. 하지만 무도관에 서는 꿈은 직접 거머쥐어야 하지 않겠어?"

마음이 담긴 강한 신념 또한, 우즈키다웠다.

"응. 그래야 즛키~지."

무엇이 진짜이고, 무엇이 환상인지는 구별할 수 없었다.

하지만 우즈키의 말을 듣고, 사쿠타의 가슴 속에는 어떤 충동이 싹텄다.

책상 위에 펼쳐둔 공책과 필통을 가방에 집어넣었다.

"아즈사가와?"

사쿠타가 자리에서 일어나자, 타쿠미가 의문에 찬 눈길로 올려다봤다.

사쿠타는 가방을 멨다.

"오빠분, 수업 안 들을 거야?"

이번에는 우즈키가 물었다.

“나 자신을 찾으러 갔다 올게.”

“……뭐?”

“같이 가줄까?”

타쿠미는 그 말을 듣고 얼이 나간 표정을 지었지만, 우즈키는 미소를 머금었다.

“괜찮아. 이건 혼자 해야만 하는 일이거든.”

“그렇구나. 그럼, 파이팅!”

“대리 출석 부탁해.”

자리에서 일어난 우즈키가 사쿠타의 어깨를 가볍게 두드렸다. 응원을 받은 사쿠타는 그렇게 두 사람에게 말한 후에 교실 밖으로 뛰쳐나갔다.

4

사쿠타가 본관을 나섰을 즈음, 2교시 시작을 알리는 벨이 울렸다.

수업에 늦은 학생 몇 명이…….

“큰일났다, 서둘러!”

“그 교수, 지각은 결석 취급을 한다고 선배한테 들었어.”

“그러니까 서두르라고!”

허둥지둥 본관 안으로 뛰어 들어갔다.

사쿠타는 그들 못지않은 속도로 가로수길을 나아가더니,

정문을 통해 대학 밖으로 나갔다.

역으로 향하는 길에는 학생들이 드문드문 있었다. 2교시 수업이 없는 건지, 아니면 이미 포기한 건지…… 서두르는 학생은 없었다.

무언가에 쫓기는 듯한 발걸음으로 서두르고 있는 사람은 사쿠타뿐이었다.

통근 및 통학 시간이 아닌 카나자와핫케이역은 한산했고, 플랫폼으로 내려가보니 시간이 느긋하게 흐르고 있었다. 바로 그때, 센가쿠지행 쾌속 특급 전철이 들어왔다.

계단을 뛰어 내려간 사쿠타는 승차구에서 기다리는 여성의 뒤를 이어서 그대로 전철에 탔다.

역과 마찬가지로, 차 안은 한산했다.

붉은색 시트도 텅텅 비어 있었다. 하지만 사쿠타는 전철이 출발했는데도 입구에 서 있었다.

창밖의 경치에는, 1년 동안의 대학 생활을 통해 꽤 익숙해졌다.

그 대부분은 주택가이며, 역 주변만 상업 시설이 있었다.

사쿠타의 의식은 그런 창밖을 향하고 있었다.

그래서, 느닷없이…….

"뭐야, 농땡이 부리는 거야?"

……하고 말이 들려오자, 사쿠타는 흠칫 놀라며 어깨를 부르르 떨었다.

말을 걸어온 사람은 옅은 물빛 스프링코트를 걸친 여성이었다. 사쿠타의 앞에서 전철에 탄 여성이다.

유심히 보니, 아는 얼굴이었다.

같은 대학교에 다니는 4학년, 이와미자와 네네.

코트 안에는 깨끗한 흰색 블라우스를 입었고, 투명한 느낌의 내추럴한 화장을 했다. 친숙한 미니스커트 산타 복장이 아니라서, 한눈에 알아보지 못했다.

"이와미자와 씨는…… 데이트가 아닌 거죠?"

연인인 타쿠미는 대학교 강의실에서 통계학과 수업을 듣고 있다.

"요코하마에 입사 지원용 사진을 찍으러 가는 길이야."

성가시다는 투로 그렇게 대답한 네네는 비어있는 좌석의 가장 가장자리에 앉았다.

"취직용 사진이에요?"

사쿠타는 선 채로 그렇게 물었다.

"그게 아니면 뭐겠어?"

"그럼, 아나운서 채용시험을 치르는 거군요."

청초한 분위기인 네네의 복장과 헤어 스타일과 화장은 딱 여성 아나운서 느낌이었다.

"누구누구 씨 탓에 꿈에서 깨고, 현실로 돌아왔거든. 아나운서든 뭐든 되라는 말도 들었잖아?"

네네는 비아냥거리듯 웃더니, 다리를 꼬았다.

"될 수 있을 것 같아요?"

"수도권 방송국은 무리 아닐까?"

마치 남 일이라도 이야기하는 듯한 말투였다. 하지만 자포 자기한 것 같지는 않았다. 자기 자신을 객관적으로 판단한 결과이기에, 이런 식으로 말하는 것이리라.

전철은 카나자와 분코역에 섰다. 몇 명이 전철에서 내렸고, 몇 명이 탔다. 차 안은 아직 한산했다.

전철이 다시 출발하자, 창밖에는 또 주택가가 펼쳐졌다. 단독 주택이 대부분인 차분한 거리의 풍경이 계속 이어졌다.

"그러는 넌 대학을 빼먹고 이런 데서 뭐 하는 거야?"

자리에 앉은 네네는 사쿠타를 올려다봤다.

하지만 사쿠타의 눈은 위편에 있는 노선도를 향하고 있었다. 다음 정차역은 카미오오오카다. 그곳에서는 지금 사쿠타가 탄 케이큐선과 요코하마 시영 지하철선이 겹친다.

사쿠타의 시선이 향한 곳은 갈아탄 전철의 종착역.

거기에는 쇼난다이라고 적혀 있었다.

"미니스커트 산타를 졸업한 이와미자와 씨 덕분에, 어디에 갈지는 정해졌어요."

네네에게 그렇게 말했을 때, 전철이 감속하기 시작했다.

창밖에는 카미오오오카역의 플랫폼이 보였다.

"여기서 내릴 거예요."

전철이 섰다.

"그래. 그럼 고마워해."

손을 내젓는 네네에게 배웅을 받으며, 사쿠타는 열린 문을 통해 플랫폼에 내렸다.

친숙하지 않은 역이다. 평소 대학에 갈 때 통과하는 역이다. 그래서, 안내판을 확인하면서 요코하마 시영 지하철의 플랫폼으로 향했다.

대학을 나설 때는 행선지를 정하지 않았다.

그저 강의실에 있을 때가 아니라는 충동에 몸을 맡겼을 뿐이다.

전철을 탈 때도, 어디에 갈지 정하지 않았다.

하지만 전직 미니스커트 산타인 네네, 그리고 차 안의 노선도 덕분에 행선지를 무의식적으로 정할 수 있었다.

사쿠타가 탄 요코하마 시영 지하철 블루라인의 종점은 쇼난다이역.

그곳에는 야생의 바니걸과 만났던 도서관이 있다.

30분 후, 쇼난다이역에서 전철을 내린 사쿠타는 쇼난다이의 마을 안에 있었다.

시영 지하철선 외에도, 오다큐 에노시마 선과 소테츠 이즈미노선이 다니는 편리한 주택가. 마을 분위기는 주변의 오다큐 일대와 비슷했다.

"분명, 여기였어."

기억에 따라 도서관을 향했다.

전에는 『카에데』가 읽을 책을 빌리려고 때때로 왔던 장소다. 전철 비용을 아끼려고 자전거로 다녔기에, 역에서 도서관까지 가는 길을 모른다.

그래도 눈에 익은 주변 시설을 길잡이 삼아 걸어가다 보니, 잘 정비된 널찍한 공원이 보였다. 이 근처에 오자 주위의 건물도 낮아지면서 거리가 꽤 차분한 분위기로 바뀌었다. 그런 경치를 확인하며 걷다 보니, 도서관이 보이기 시작했다.

"……."

입구 앞에 서자, 그리운 느낌이 들었다.

그와 동시에, 오래간만이라 그런지 묘한 긴장감도 느껴졌다.

그런 감정에서 눈을 돌리려는 듯이, 사쿠타는 문을 열고 안으로 들어갔다.

곧 도서관 특유의 정적이 사쿠타를 맞이했다.

차분한 분위기와 책 냄새.

인기척은 느껴지지만, 목소리가 전혀 들리지 않는 침묵의 공간.

책장의 위치와 배치는 그다지 달라지지 않은 것 같았다.

사쿠타는 안쪽으로 걸어가면서, 뭔가를 확인하듯 주위를 둘러봤다. 답을 찾는 듯한 마음으로, 책장과 책장 사이를 가로질렀다.

도서관 이용객도 모두 살펴봤다.

야생의 바니걸을 찾으려는 듯이.

있을 리가 없는데도 말이다.

마이는 지금, 대학에 있다. 수업을 듣고 있다. 다른 사람에게도 보인다. 그러니, 바니걸이 될 이유가 없다. 여기서 만날 수 있을 리가 없다.

도서관 안을 다 둘러본 사쿠타는 책장 사이에서 멈춰 섰다.

더는 둘러볼 곳이 없다.

무언가를 찾아 여기에 왔지만, 결국 아무것도 찾지 못했다.

아무런 답도 얻지 못했다.

야생의 바니걸은 없고, 마이는 미오리가 보이지 않게 됐다. 그것이, 사쿠타에게 있어서의 현재이자 현실이다.

그렇기에 오른쪽으로 가면 좋을지, 왼쪽으로 가면 좋을지 알 수가 없었다.

앞으로 나아가야 할지, 뒤로 돌아가야 할지도 알 수 없었다.

보이는 건, 책장에 둘러싸인 좁은 통로뿐.

그곳을, 빨간색 초등학생용 책가방이 가로질렀다.

초등학생 정도로 보이는 여자아이.

전에 봤던, 아역 시절의 마이와 흡사한 여자아이.

세 칸 너머의 책장 뒤편에서 모습을 보이더니, 다음 책장 뒤편으로 사라졌다.

"기다려!"

반사적으로 그렇게 외친 사쿠타는 그 여자아이를 쫓아갔다.

첫걸음은 쿵 하는 소리가 날 정도로 크게 내디뎠다.

그러니 금방 따라잡을 수 있을 것이다.

하지만 사쿠타가 책장 뒤편을 보니, 아무도 없었다.

"……어?"

잘못 본 것일까.

아니, 분명 봤다.

틀림없이, 있었다.

바로 그때, 사쿠타의 뒤편에서 목소리가 들려왔다.

"아저씨, 또 미아야?"

귀에 익은 목소리를 듣고, 뒤를 돌아보았다.

"……."

사쿠타의 뒤편에는 책가방을 멘 여자아이가 서 있었고……
사쿠타를 이상하다는 듯이 올려다보고 있었다.

"이번에는, 진짜로 미아가 된 걸지도 몰라."

아마, 이 책가방 소녀도 사쿠타에게만 보일 것이다.

지금의 상황, 그리고 이제까지의 경험이 그렇게 이야기하
고 있었다.

"아저씨인데도 말이야?"

"아무래도, 나는 아저씨란 소리를 들을 만큼 어른은 아닌
것 같아. 그러니, 오빠라고 불러주지 않을래?"

"저기, 무슨 일 있나요?"

사쿠타의 목소리를 들은 건지, 직원으로 보이는 아주머니가 의아한 표정으로 말을 걸어왔다.

그 눈길은 사쿠타의 앞에 있는 책가방을 멘 소녀를 향하지 않았다. 역시, 사쿠타에게만 보이는 것이다.

"죄송해요. 혼잣말 좀 했어요."

"되도록 조용히 해주세요."

"네."

직원 아주머니는 책이 실린 왜건을 밀면서, 도서관 안쪽으로 향했다.

그 모습을 확인한 후……

"꽤 귀여운 천장 귀신이네."

사쿠타는 책가방을 멘 소녀에게 작은 목소리로 말을 건넸다.

"귀신은 싫어."

소녀는 들고 있던 물고기 도감을 꼭 끌어안았다.

"그렇다면, 퇴치하는 걸 도와주지 않을래?"

사쿠타는 그렇게 말하면서 소녀를 향해 손을 내밀었다.

소녀는 잠시 생각해본 후……

"좋아."

미소를 머금으며 그렇게 말하더니, 사쿠타의 손을 잡았다.

5

쇼난다이역에서 탄 오다큐 에노시마선 전철 안은 한산했다. 후지사와로 향하는 이 전철은 모든 역에 정차한다.

사쿠타는 아무도 앉아있지 않은 시트의 한가운데에 앉았다. 그 옆에는 도서관에서부터 함께 온 소녀가, 책가방을 멘 채 앉았다.

전철이 달리기 시작하자, 기분 좋은 흔들림이 느껴졌다.

그 리듬에 맞춰, 사쿠타는 이야기를 시작했다.

"중학생 때는, 사춘기 증후군을 믿을 수밖에 없었어. 카에데의 몸에 갑자기 상처가 생겨나는걸…… 아무도 믿어주지 않았거든."

사쿠타가 보고 있는 건, 정면에 있는 아무도 앉지 않은 시트다. 창문에는 다리를 흔들고 있는 책가방을 멘 소녀의 어리둥절한 표정이 비치고 있었다.

"그게 잘못됐다고는, 나는 도저히 생각할 수 없어."

카에데의 몸에 생긴 상처는 진짜였다. 사쿠타와 카에데에게 있어서는 현실이었다.

마음에도, 몸에도 깊은 기억으로서 새겨져 있다.

"그것 말고도 불가사의한 일이 잔뜩 일어났어. 고등학교에 들어가서는 나에게만 보이는 마이 씨와 도서관에서 마주쳤지. 코가가 일으킨 미래의 시뮬레이션에 어울려준 적도 있어. 후타바가 두 명이 된 적도 있었다고. 토요하마와 마이 씨의 몸이 바뀐 것도……. 마키노하라 양과 쇼코 씨의 일도, 전부 진짜야."

지금, 이 순간도 마찬가지다.

책가방을 멘 소녀는 사쿠타에게만 보인다.

도서관에서는 아무도 소녀를 쳐다보지 않았다. 역까지 오면서도, 파출소 앞을 통과할 때도, 개찰구를 통과할 때도 말이다. 사쿠타 이외의 그 누구도, 이 소녀를 인식하지 못했다.

하지만 사쿠타에게는, 이 소녀는 분명 존재하고 있다.

사쿠타와 손을 맞잡은 채, 좌석에 얌전히 앉아있다. 바닥에 닿지 않는 발을 앞뒤로 흔들면서…….

꿈도 아니고, 환상도 아니다.

사쿠타에게 있어, 현실 이외의 그 무엇도 아니었다.

"그것을 전부 부정할 수 있을 리가 없어."

"왜?"

옆을 보니, 책가방을 멘 소녀가 사쿠타를 올려다보고 있었다.

"왜냐하면, 그건 이제까지의 일을 전부 없었던 일로 치부하는 것과 마찬가지잖아?"

"그렇게 싫으면, 그만해도 되지 않아?"

"그럴 수 있으면 좋을 텐데 말이야."

"못 해?"

"너를 닮을 소중한 사람이 말했어."

소녀에게서 시선을 뗀 사쿠타는 다시 정면에 있는 창문을 쳐다봤다.

"뭐라고 했는데?"

"『같은 경치를 보고 싶어』하고 말이야."

"어렵네."

"그래서, 고민하는 거야."

전철은 후지사와역에 도착했다.

문이 열렸지만, 사쿠타는 자리에서 일어나지 못했다.

다음 행선지는 정하지 못했다.

사쿠타가 일어설 이유를 찾지 못하자, 옆에 앉은 책가방 소녀가 폴짝 점프하듯이 자리에서 일어났다.

"가자."

그리고, 맞잡은 사쿠타의 손을 잡아당겼다.

그 말에 따라 자리에서 일어난 사쿠타는 소녀를 뒤를 따르며 전철에서 내렸다.

"어디에 가는데?"

"추억이 있는 곳."

그렇게 말한 소녀가 사쿠타를 잡아끌며 향한 곳은, 옆의 플랫폼에 세워져 있던 오다큐 에노시마선의 실버 컬러 전철 안이었다. 차량 안의 모니터에는 『카타세 에노시마행』이라고 적혀 있었다. 그 옆에는 신 에노시마 수족관의 광고가 붙어 있었다.

월요일 낮인데도 불구하고, 신 에노시마 수족관은 사람들로 붐비고 있었다. 티켓 판매장 옆에는 「돌고래, 볼래~!」 하고 외치며 흥분에 찬 표정을 짓고 있는 남자아이와 「수달은 참 귀엽다니깐」 하고 말하며 즐거운 듯이 입구로 향하는 커플이 있었다.

책가방을 멘 소녀를 위한 티켓도 구매한 사쿠타는 입구를 통해 안으로 들어갔다. 직원이 티켓을 확인한 건, 역시 사쿠타뿐이었다. 책가방을 멘 소녀는 티켓을 쥔 채 어리둥절한 표정으로 사쿠타를 따라왔다.

수족관 안에 들어가서 가장 먼저 눈에 들어온 것은 수조가 아니라, 끝이 보이지 않는 계단이다. 한 계단 한 계단 올라갈 때마다, 기대감이 부풀어 올랐다. 바다 생물들을 만나고 싶다는 마음이 커져만 갔다.

2층에 도착한 사쿠타를 기다리고 있었던 것은, 세상의 다양한 바다에 사는 물고기들이었다. 구역별로 나뉜 수조 안에서 즐거운 듯이 헤엄을 치고 있었다. 그곳을 통과하자, 치어의 성장 과정을 알려주는 수조에 도착했다.

그 너머에 존재하는 건, 완만한 커브를 그리며 아래편으로 향하는 슬로프였다. 그 도중에는 천장까지 수조로 된 가오리 터널이 존재했다. 웃고 있는 듯한 가오리의 얼굴 아래를 지나자, 이번에는 시야가 확 트였다. 눈앞에 존재하는 건, 사가와 만에 사는 바다 생물이 약동하고 있는 대형 수조였다.

올려다봐야 할 만큼 거대한 수조의 중심에서, 찬란히 빛나는 별처럼 몸이 반짝이고 있는 정어리 무리가 춤추고 있었다.

"그러고 보니, 전에 마이 씨가 말했어."

"……응?"

손을 맞잡은 소녀가 의아한 눈길로 사쿠타를 올려다봤다.

"처음으로 주위 사람들이 자신을 못 보게 된 건, 혼자 여기에 온 날이었대."

"오빠는 와본 적 없어?"

"연인 행세를 하며 데이트하러 와봤어."

"……뭐?"

소녀는 이해가 안 된다는 듯이 고개를 갸웃거렸다.

"그때와 변함없는 수조도 있지만…… 새로운 생물도 늘어난 것 같은걸."

눈앞을 지나친 조그마한 남자아이가 「캐피바라 보러 갈래~」하고 말하며 뛰어갔다. 그 뒤편에서 「뛰면 안 돼」 하고 말하며 그 아이의 어머니가 말했다.

캐피바라는 토모에와 같이 왔을 때는 없었다.

"우리도 캐피바라를 보러 갈까?"

"그리고, 돌고래 쇼도 보고 싶어."

"여기 왔으면, 당연히 그것도 봐야지."

"가자."

책가방을 멘 소녀는 기쁜 듯이 사쿠타의 손을 잡아당겼다.

돌고래 쇼를 끝까지 즐긴 사쿠타 일행이 수족관을 나선 건, 입장하고 약 한 시간 반이 흐른 오후 두 시경이었다.

태양이 서서히 서쪽으로 기우는 가운데, 사쿠타와 책가방을 멘 소녀는 그 부드러운 햇볕을 쬐면서 모래사장을 걸었다. 해안선을 따라 서쪽으로, 쿠게누마 해안 쪽을 향해서…….

바다에는 낙엽처럼 물 위에 떠 있는 서퍼들이 있었다.

때때로 모래사장에 흘러들어온 그들은 다음 파도를 갈구하며 다시 바다로 향했다.

물가에서 떨어진 모래사장에는 비치발리볼 코트에서 놀고 있는 남녀 그룹이 있었다. 보아하니, 사쿠타와 마찬가지로 대학생 같았다. 한 사람이 모래에 발이 걸려 엉덩방아를 찧더니, 자기를 향해 날아온 공을 머리로 받아냈다. 그러자 다들 왁자지껄 웃었다.

여기까지 오자, 바다에 섬처럼 떠 있는 에보시 바위가 잘 보였다. 겉보기에는 거대한 상어의 등지느러미 같았다. 저렇게 커다란 상어가 진짜로 있다면, 괴수 영화 뺨칠 정도로 거대할 것이다.

그 광경을, 사쿠타는 계단 형태의 콘크리트 데크 위에서 바라봤다.

"전에, 여기서 불꽃놀이를 했어."

먼 곳에 있는 에노시마를 쳐다봤다.

"혼자서?"

"후타바, 쿠니미와 함께였어. 후타바가 한 명으로 되돌아온 후였지."

"……."

사쿠타의 말을, 소녀는 영문을 모르겠다는 표정으로 듣고 있었다.

"무슨 말을 하는 건지, 모르겠지?"

"오빠의 추억이야?"

"그래. 소중한 추억이라고 생각해."

"그럼, 소중히 여겨야겠네."

사쿠타는 쓰디쓴 미소를 머금을 수밖에 없었다.

마음은 소녀의 말을 긍정하고 있다. 하지만, 이 기묘한 상황의 근원인 사춘기 증후군을, 사쿠타는 부정해야만 한다. 리오가 두 명으로 나뉜 일이 일어나지 않았다면, 그 불꽃놀이도 없었던 일이 될지도 모른다.

그래서, 사쿠타는 대답 대신에 다른 말을 소녀에게 했다.

"한 군데만 더 같이 가줄래? 가고 싶은 장소가 있어."

"응."

오늘도 수많은 관광객이, 에노시마로 향하기 위해 벤텐다리 위를 걷고 있었다.

사쿠타는, 그 앞에 있는 용 모양 등롱 앞에서 멈춰 섰다.

"여기가 가고 싶은 장소야?"

"그래."

지금도, 여기에 서면 가슴이 아파왔다.

고등학교 2학년, 봄.

에노시마에 드물게 눈이 내린 크리스마스이브 밤.

인생을 몇 번 되돌아봐도, 그보다 더 큰 아픔을 동반하는 괴로운 결단을 내린 적은 없었다.

마이와의 미래를 지키기 위해, 『쇼코 씨』와의 미래를 포기하는 선택을 했다.

너무나도 괴로운 기억.

하지만, 잊고 싶은 건 아니다.

사쿠타는 그 경험이 자신이라는 인간을 만들었다고 생각한다.

그러니 사춘기 증후군을 부정해서, 그 일 자체를 없었던 일로 만들고 싶지 않다.

그런 따뜻한 기억을 내팽개치는 게, 가능할 리가 없다.

6

해가 저물었지만, 사쿠타는 아직 용 모양 등롱 앞에 있었다.

쭉 생각했다.

무엇이 옳은가.

무엇이 틀렸는가.

무엇을 선택해야 하는가.

하지만, 아무리 생각해도 답을 찾을 수 없었다.

정신을 차리고 보니, 책가방을 멘 소녀의 모습이 보이지 않았다.

"어디 갔지……?"

주위를 둘러봐도, 그 소녀는 보이지 않았다.

"뭐, 어린아이는 집으로 돌아갈 시간이잖아……."

해가 졌다. 바람이 꽤 쌀쌀해졌다.

사쿠타에게만 보이는 소녀.

하지만, 손바닥에는 맞잡았던 조그마한 손의 감촉이 남아 있다.

사쿠타의 손가락 두 개만 겨우 움켜잡는, 어린아이의 조그마한 손.

사쿠타의 손을 한사코 놓지 않으려 하던 손.

다시 한번, 주위를 둘러봤다.

바로 그때, 꼬르륵하는 소리가 배에서 흘러나왔다.

"그러고 보니, 점심을 안 먹었구나."

배에서 나는 노랫소리를 들으면서 카타세 에노시마역으로 돌아온 사쿠타는 플랫폼에 세워져 있던 전철을 타고 후지사와로 돌아왔다. 이제는 자신의 동네라고 말해도 될 만큼 친숙한 마을이다.

귀가하는 학생과 사회인이 역 주변을 오가는 가운데, 사쿠타는 자기가 아르바이트를 하는 패밀리 레스토랑으로 향했다.

가장 편하게 식사를 할 수 있는 장소.

문을 열고 가게 안으로 들어가자…….

"어서 오세요."

웨이트리스복을 입은 카에데(花楓)가 맞이해줬다.

"뭐야. 오빠잖아."

사쿠타의 얼굴을 본 카에데는 얼굴에 머금고 있던 접객용 미소를 거뒀다.

"오늘, 아르바이트하는 날이야?"

카에데는 집에서의 태도로 그렇게 물었다.

"가볍게 식사하러 왔어."

"혼자?"

카에데는 약간 의아해했다.

"저 테이블에 앉아도 되지?"

카에데의 반응을 무시한 사쿠타는 비어있는 입구 근처 테이블에 앉았다.

메뉴를 펼치고 뭘 먹을지 생각하고 있을 때…….

"나, 내일도 아르바이트해. 그러니까 내일은 오빠 집으로 돌아갈 거야."

"오늘은?"

"오빠, 오늘 생일이잖아? 마이 씨와 오빠를 방해하고 싶지 않거든. 그것보다, 혼자 밥 먹어도 돼? 마이 씨와 약속 안 한 거야?"

"그래서, 가볍게 식사하러 온 거라고 말한 거야. 점심을 굶어서 배고프거든."

사쿠타는 메뉴의 『레트로 중화면』을 손가락으로 가리키면서 「이거로 할래」 하고 카에데게 말했다.

"하나도 가볍지 않거든?"

"아무튼 부탁해."

"잠시만 기다려 주십시오."

익숙한 손놀림으로 주문용 단말기를 조작한 카에데는 고개를 숙인 후에 다른 곳으로 이동했다.

사쿠타는 무의식적으로 카에데의 뒷모습을 쳐다봤다.

내일이 되면, 카에데는 요코하마의 부모님 집에서 돌아온다.

언제까지, 지금 이대로 있을 수는 없다.

만약 『카에데(花楓)』와 『카에데』가 마주치게 된다면, 무슨 일이 벌어질지 알 수 없다. 그러니, 그전에 어떻게든 해야만 한다.

"미토 건을 떠나서, 쭉 이대로 있을 수는 없긴 해."

시계를 보니, 오후 6시 20분경이었다. 미오리가 떠나는 건, 오후 10시 50분이다. 남은 시간은 얼마 되지 않는다.

주문한 레트로 중화면을 다 먹은 후, 사쿠타는 서둘러 계산을 마치고 가게를 나섰다. 손님의 숫자가 늘어나는 시간대에 가게에 오래 눌러 앉아있을 수도 없고, 느긋하게 시간을 보낼 여유 또한 없었다.

사쿠타에게는 해야만 하는 일이 있다.

패밀리 레스토랑을 나선 후, 역으로 이어지는 길을 걷고 있을 때였다.

"아, 선배."

앞에서 걸어오던 조그마한 체구의 여자애가 말을 걸어왔다. 대학에서 돌아오는 길로 보이는 토모에였다.

"아르바이트하러 가는 길이야?"

"선배는 뭐해?"

"나 자신을 찾는 중이려나."

"선배가?"

얼굴에 물음표를 띄운 토모에가 고개를 갸웃거렸다. 이해가 안 된다는 표정이었다.

그 표정을 무시한 사쿠타는 토모에에게 말을 건넸다.

"코가는 가고 싶었던 다른 대학은 없었어?"

"있긴 했는데, 갑자기 왜 그런 걸 묻는 거야?"

"방금 말했잖아? 나 자신을 찾는 중이라고 말이야. 좀 참

고하고 싶거든."

"흐음~."

토모에는 알쏭달쏭한 표정을 지으며 사쿠타를 쳐다봤다. 그의 진의를 캐려는 것 같았다.

하지만 사쿠타가 방금 한 말에는 다른 뜻이 없다. 그러니, 진의를 캐려고 해봤자 아무것도 나오지 않을 것이다.

토모에도 그것을 이해한 건지, 아직 개운하지 않은 표정이 지만…….

"도쿄에 있는 여대에 갈지, 마지막까지 고민했어."

……하고 말했다.

"어째서야?"

"그게, 선배와 같은 대학에 들어가는 게 좀 그랬거든."

"그게 무슨 소리야?"

"이제 그만, 선배와의 추억에서 졸업해야겠다고 생각했어."

토모에는 불만을 표시하듯, 입술을 삐죽 내밀었다.

"나나처럼, 나도 남친을 만들고 싶으니까……."

말을 있던 토모에는 고개를 옆으로 돌렸다.

"그랬구나."

"그 반응, 좀 짜증 나거든?"

"코가는 어엿한 어른이 됐네."

"뭐? 바보 취급하는 거야?"

토모에는 더 불만스러운 표정을 지었다.

"참고가 되어서, 감사하고 있는 거야."

"대체 뭐가 말이야?"

"그것보다, 시간은 괜찮아? 아르바이트, 일곱 시부터지?"

토모에는 스마트폰으로 시간을 확인하더니, 비명을 질렀다.

"앗~, 5분도 안 남았잖아! 그럼 가볼게, 선배!"

토모에는 허둥지둥 레스토랑을 향해 달려갔다.

사쿠타는 그 뒷모습을 쳐다보지 않으며, 반대 방향……역 쪽으로 걸어갔다.

하지만, 역으로 향한 것은 아니다.

사쿠타는 그 중간에 있는 빌딩 안으로 들어갔다. 사쿠타가 강사 아르바이트를 하는 학원이 있는, 역 근처 빌딩이다.

엘리베이터 앞에는 먼저 온 손님이 있었으며, 사쿠타도 잘 아는 사람이었다.

사쿠타를 발견한 리오는 그를 힐끔 쳐다봤다.

그 옆에 선 사쿠타는 5층에서 내려오고 있는 엘리베이터의 램프를 올려다봤다.

"꽤 복잡한 상황이 벌어진 것 같네."

리오가 먼저 입을 열었다.

"사쿠라지마 선배가 키리시마 토코가 아니게 됐는데, 현실은 여전히 바뀐 상태잖아."

"뭐, 그래."

1등에 도착한 엘리베이터의 문이 열렸다.

안에 아무도 없는 것을 확인한 후, 사쿠타와 리오는 엘리베이터에 탔다. 그리고 『5』 버튼을 눌렀다.

"후타바는 알고 있었지?"

"……."

엘리베이터는 희미하게 흔들리며 상승하기 시작했다.

"내가 미토의 사춘기 증후군을 착각하고 있었다는걸."

"……."

"현실을 바꾼 게, 나라는 걸 말이야."

"그럴 가능성이 있을지도 모른단 생각은 했지만, 확신을 가지고 있었던 건 아냐."

"하지만, 그래서, 협력할 수 없다고 말한 거잖아. 협력할 수 있을 듯한 부분이 있으니 말이지."

두 사람은 엘리베이터의 문을 쳐다볼 뿐, 시선을 교환하지는 않았다.

"아즈사가와는 여전히 약아빠진 식으로 이야기한다니깐."

리오는 웃음을 흘렸다.

"후타바는 아직도 지금 이대로가 좋다고 생각해?"

"응."

그 목소리에는 한 치의 망설임도 어려있지 않았다.

"그럼 만약 현실이 원래대로 되돌아간다면, 불평은 그때 가서 나한테 해."

"원래대로 되돌릴 방법은 찾은 거야?"

"내가 사춘기 증후군의 존재를 부정하면 되는 거잖아?"

엘리베이터가 5층에 도착했다.

"문제의 풀이법은 그것만이 아니라고 생각하는데 말이야."

문이 천천히 열렸다.

"……뭐?"

"……."

사쿠타가 의문에 찬 시선을 보냈지만, 리오는 대답해주지 않았다.

그 대신…….

"나는 행복도 두려워하나 봐."

그런 혼잣말을 중얼거린 후, 학원에 들어갔다.

"후타바는 손해보는 성격이라니까."

사쿠타도 혼잣말을 중얼거린 후, 리오의 뒤를 따르며 학원 안으로 들어갔다.

그러자…….

"아, 사쿠타 선생님."

프리 스페이스에 있던 사라가 사쿠타를 발견하고 다가왔다.

"오늘은 후타바에게 수업받는 날이야?"

"네. 선생님은요?"

"잠시 들렀을 뿐이야."

"아, 맞다. 사쿠타 선생님, 제 말 좀 들어보세요."

사쿠타는 방긋 웃으면서, 비밀 이야기를 하려는 듯이 몸을 쑥 내밀었다.

"다음 주부터 반에 교육실습생이 온대요. 사쿠타 선생님도 내년에 우리 학교에서 할 거죠?"

"아마 내후년이 될 거야."

"으~, 아쉽네요. 사쿠타 선생님의 수업을 듣고 싶었거든요."

"그렇게 기대할만한 게 아닌걸?"

"그래도 기쁘지 않나요?"

"뭐가?"

"적어도 한 명은 있는 거잖아요. 사쿠타 선생님이 선생님이 되는 걸 고대하고 있는 학생이 말이에요."

사라는 의기양양한 표정을 지으며 그렇게 말했다.

"뭐, 그건 그래."

사라의 말을 듣고, 기분이 나쁘지 않은 건 엄연한 사실이다.

"히메지 양, 수업 시작할 거야."

학원 강사를 위한 새하얀 재킷을 걸친 리오가 교실 앞의 통로에서 그렇게 그렇게 말했다.

"네. 지금 갈게요. 다음에 또 봐요, 사쿠타 선생님."

사라는 손을 흔들면서 리오를 향해 뛰어갔다. 가볍게 대화를 나누면서, 두 사람은 교실 안으로 들어갔다.

7

아르바이트를 하는 학원을 나선 사쿠타가 엘리베이터로 1층에 내려가보니, 열린 문 앞에서 한 가족이 기다리고 있었다. 부모님과 함께 온 이는 바로 미네가하라 고등학교의 교복을 입은 쇼코였다.

"앗."

사쿠타를 발견한 쇼코가 무심코 그런 소리를 냈다.

사쿠타 또한 엘리베이터에서 내리면서…….

"마키노하라 양이 왜 여기 있는 거야?"

……하고 반사적으로 물었다.

그리고, 일단 면식이 있는 부모님을 향해 고개를 숙였다.

"두 사람은 먼저 올라가 있어. 나도 금방 갈게."

쇼코는 부모님에게 그렇게 말했다. 그러자 부모님은 사쿠타를 향해 고개를 살짝 숙인 후, 엘리베이터를 탔다. 문이 닫히자, 엘리베이터는 5층까지 올라갔다.

"우리 학원에 다닐 거구나."

"장래에 의학부에 들어가고 싶으니까, 빨리 준비하는 편이 좋겠다고 생각했어요."

"그렇구나."

왜 의학부에 들어갈 생각인 건지는 물어보지 않아도 짐작이 됐다.

심장 이식을 받은 쇼코에게는, 충분하고도 남을 이유가 있었다.

"의사를 목표로 삼을지는 아직 정하지 않았지만, 의료 공부를 해두면 난치병의 지원 활동을 하는데도 도움이 될 테니까요."

"그렇다면, 이과 과목은 후타바 선생님을 추천할게."

"그럴 생각이에요."

쇼코는 빙긋 웃었다.

그것은, 그날…… 사쿠타를 구원해 준『쇼코 씨』와 똑같은 미소였다.

그립고, 따뜻한 기억.

사쿠타의 버팀목이 되어준, 소중한 추억.

"……."

"사쿠타 씨?"

"응?"

"왜 그렇게 뚫어지게 쳐다보는 거예요? 혹시 첫사랑이라도 생각났나요?"

"소중한 것을 떠올렸을 뿐이야. 쇼코 씨가 가르쳐준 소중한 것을 말이지."

그날 받은 상냥함이, 지금의 자신을 만들고 있다.

분명, 앞으로도 자신도 만들어갈 것이다.

항상 가슴속을 따뜻하게 해주는 이 마음이…….

진정으로 소중한 것을, 다시 배운 듯한 느낌이 들었다.

그러니, 가지고 가야만 한다.

앞으로의 미래까지.

그러기 위해, 사쿠타는 해야만 하는 일이 있다.

"미안해. 마키노하라 양 덕분에, 볼일이 생겼어."

"사쿠타 씨에게 도움이 되어서 기뻐요."

1층으로 돌아온 엘리베이터의 문이 열렸다.

엘리베이터에 타는 쇼코를 배웅한 후, 사쿠타는 역을 향해 빠른 걸음으로 걸어갔다.

역 앞의 입체 보행로로 이어지는 계단을 두 칸씩 올라갔다.

광장의 시계를 보니, 오후 7시 30분이었다.

역 앞에는 귀가 중인 사회인이 많았다. 교복을 입은 고등학생도 드문드문 보였다.

그런 인파를 헤치면서, 사쿠타는 가전제품 양판점에 발을 들였다.

입체 보행로에서 바로 들어갈 수 있는 2층 입구. 밖에서 볼 때 환한 가게 안은 눈부셨다. 그리고 그 눈 부신 빛 안에서 나오고 있는 뜻밖의 인물과, 사쿠타는 마주쳤다.

교복을 입은 카에데였다.

"카에데?"

"오, 오빠?!"

사쿠타를 발견한 카에데는 노골적으로 놀랐다.

"오늘은 귀가가 늦네."

"아니에요! 오빠에게 줄 생일 선물을 못 골라서, 귀가가 늦어진 건 아니라고요!"

카에데는 들고 있던 꾸러미를 등 뒤로 숨기려고 했다.

"그래. 이 시간까지 내 생일 선물을 고르고 있었구나."

"깜짝선물일 예정이었어요!"

"이 타이밍에 카에데를 만난 것만으로도 충분히 놀랐어."

"더 놀라게 해줄 선물을, 찾아볼게요!"

카에데가 다시 가게 안으로 들어가려 하자…….

"기다려, 카에데."

……하고, 사쿠타가 불러세웠다.

"더 놀라게 해줄 선물 대신, 내 이야기를 좀 들어줄래?"

"오빠의 이야기, 말인가요?"

카에데는 영문을 모르겠다는 듯이 고개를 갸웃거렸다.

"만약의 이야기인데, 여기와 비슷하지만 다른 세계가 존재한다고 할 때, 거기가 네 진짜 세계라면, 카에데는 어떻게 할래?"

"……."

사쿠타가 느닷없이 그런 이야기를 하자, 카에데는 얼이 나간 표정으로 듣고 있었다.

그럴 만도 했다.

너무나도 뜬금없는 이야기다.

방금 한 이야기만으로 사쿠타가 하고 싶은 말이 뭔지 눈
치챘다면, 카에데는 초능력자일 것이다. 그래서 사쿠타는
「잊어줘」 하고 말하며 이 이야기를 마치려 했다.

하지만, 그보다 먼저…….

"카에데는 돌아가고 싶어요."

……하고 대답이 들려왔다.

진지한 표정으로…….

사쿠타를 똑바로 쳐다보며…….

카에데는 자신의 의지를 입에 담았다. 돌아가고 싶다는
뜻을 말이다.

그 바람에, 사쿠타가 오히려 당황하고 말았다.

"어제, 방에서 이걸 발견했어요."

카에데가 그렇게 말하면서 가방에서 꺼낸 것은, 한 권의
일기장이었다. 중학생 시절에 사쿠타가 카에데에게 선물한
것과, 색깔만 다른 공책…….

표지에는 『아즈사가와 카에데』라고 적혀 있었다.

"이 일기에 적혀 있었어요. 중학교 3학년 11월에, 해리성 장
애가 나았다고요. 기억이 되돌아왔다고…… 적혀 있었어요."

"……."

"카에데도 해리성 장애가 나아서, 오빠를 안심시켜 주고
싶어요."

"……."

말문이 막혔다.

카에데의 한 말의 의미를 가슴 아플 정도로 이해했으니까…….

해리성 장애가 낫는다는 건, 『카에데』가 『카에데(花楓)』로 돌아간다는 것이다. 『카에데』가 사라진다는 것을 의미한다…….

"그러니, 카에데는, 카에데의 진짜 오빠가 있는 곳으로 돌아가고 싶어요."

그 말에는 두려움이 어려있었다. 자신이 사라진다는 사실에 대한 두려움이…….

그래도, 그 의지는 흔들리지 않았다.

앞으로 나아가기라 결심한 이의 눈은 찬란히 빛나고 있었다.

그런 카에데의 결단이, 사쿠타가 마지막 한 걸음을 내딛게 했다.

조용히 한 걸음 내딛듯, 자연스럽게 입에서 말이 흘러나왔다.

"알았어. 나한테 맡겨. 그 선물을 꼭 전할 수 있게 해줄게."

"네. 오빠!"

8

"나는 아직 할 일이 있어."

"카에데는 집에서 오빠가 돌아오길 기다릴게요."

"조심해서 돌아가."

"네."

준비한 선물 꾸러미를 소중히 끌어안은 카에데와 헤어진 후, 사쿠타는 홀로 가전제품 양판점에 들어갔다.

안내판으로 목적지가 몇 층에 있는지 확인한 후, 에스컬레이터를 타고 1층으로 내려갔다.

찾던 곳은 금방 눈에 들어왔다.

사쿠타가 멈춰 선 곳은, 다양한 색상의 기종이 즐비하게 놓여있는 스마트폰 판매장 앞이었다.

통신사와 요금제 선택에 수십 분. 기종 선택에도 수십 분. 신규 계약 서류 확인과 지불 방법 수속까지 포함해 매장에 오고 약 한 시간 반 정도가 걸린 끝에, 사쿠타는 원하는 것을 겨우 손에 넣었다.

직육면체 모양의 손바닥 사이즈의 단말.

휴대용 전화.

일명 스마트폰.

"이대로 들고 가시겠습니까?"

여성 스태프가 스마트폰이 놓인 쟁반을 내밀면서 물었다.

"그렇게 할게요."

사쿠타는 스마트폰을 움켜쥐었다. 손바닥을 통해 약간 묵직하고 단단한 물체의 감촉이 느껴졌다. 그 후, 빈 상자가 들어 있는 종이봉투를 넘겨받았다.

"또 찾아주십시오."

정중한 태도의 점원에게 배웅받으면서, 사쿠타가 가게를 나선 것은 오후 아홉 시경이었다. 가전제품 양판점이 문을 닫는 시간이었다.

폐점 준비를 하는 점원들을 등진 채, 사쿠타는 손에 쥔 스마트폰의 화면을 켰다. 전화 마크를 누른 후, 열한 자리 번호를 망설임 없이 눌렀다.

"……."

귀에 댄 스마트폰에서 발신음만이 들려왔다.

전화는 연결되지 않았다.

그렇게 발신음이 몇 번 들린 후, 자동 응답으로 연결됐다. 그 안내 음성이 들려온 후…….

"마이 씨, 나예요. 사쿠타예요. 방금 스마트폰을 사서 마이 씨에게 가장 먼저 전화했어요. 지금 미토를 만나러 갈 건데, 그 후에 마이 씨를 만나고 싶어요."

그렇게 전하고 싶은 메시지를 남긴 후, 전화를 끊었다.

스마트폰을 주머니에 넣었다.

그러자 곧 스마트폰이 진동했다.

방금 집어넣은 스마트폰을 꺼내서 확인해보니, 문자 메시지가 와 있었다.

보낸 사람은 마이였다.

─알았어. 시치리가마 해변에서 기다릴게.

그 메시지에……

─고마워요.

……하고, 사쿠타는 답장을 보냈다.

다시 스마트폰을 호주머니에 넣은 후, 계단을 통해 입체 보행로 위로 올라갔다.

밤 아홉 시가 지났지만, 역에서 나오는 사람들의 숫자는 줄지 않았다. 기온이 약간 내려가면서, 쌀쌀해졌다. 다들 곁눈질도 하지 않으며, 자기가 돌아가야 할 집으로 돌아가고 있었다.

사쿠타는 일단 역사 안으로 들어간 후, 물품 보관함 앞에서 멈춰 섰다.

검은색 펜을 한 개 꺼낸 후, 빈 보관함에 가방과 스마트폰 박스가 들어있는 종이봉투를 집어넣고 잠갔다. 우연히도, 옛날에 마이가 바니걸 의상을 넣었던 사물함도 바로 여기였다.

그게 왠지 우습게 느껴진 사쿠타는 자연스럽게 미소를 머금었다.

기분이 약간 좋아진 사쿠타는 그대로 역의 남쪽으로 나갔다.

오다큐 백화점 앞을 지나서, 에노전의 후지사와역에 도착했다. 개찰구에 교통카드를 댄 후, 플랫폼에 들어섰다.

늦은 시간이라 이용객은 많지 않았다. 한산한 플랫폼을 천천히 걸으니, 자신의 발소리가 들렸다. 항상 혼잡한 역인 만큼, 이렇게 조용하니 신기했다.

아무도 앉아있지 않은 벤치에 앉았다.

미오리가 말한 시간은 10시 50분.

아직 한 시간 반 정도 남았다.

사쿠타가 멍하니 기다리고 있으니, 전철 한 대가 플랫폼에 들어왔다. 녹색과 크림색으로 된 고풍스러운 분위기의 차량이다.

문이 열리자 카마쿠라 방면에서 타고 온 사람들이 내렸고, 플랫폼에서 기다리고 있던 사람들이 전철에 탔다.

한낮의 혼잡함이 거짓처럼 느껴질 만큼, 밖에서 본 전철 안은 한산했다.

출발 시각이 되자, 전철은 역 플랫폼을 천천히 떠나갔다.

한 대, 그리고 또 한 대의 전철이 역에 도착했다가 느긋하게 출발했다. 그때마다 내리는 사람과 타는 사람이 줄더니, 역의 정적이 늦은 시간이 되면서 점점 진해져 갔다.

10시 40분이 되자, 플랫폼에는 사쿠타밖에 없었다.

바로 그때, 전철 한 대가 들어왔다.

사람들이 드문드문 내렸다.

내린 승객 안에서, 사쿠타는 토끼 인형탈을 발견했다.

사람들의 눈길을 끌 수밖에 없는 핑크색 인형탈이다.

옆에는 이쿠미도 있었다.

두 사람은 사쿠타를 발견하더니, 내린 플랫폼의 반대편까지 왔다.

토끼 인형탈이 멈춰선 곳은 벤치에 앉은 사쿠타의 앞이다.

"미토 미오리를 말리러 온 거야?"

"물론, 배웅하러 왔어."

"사춘기 증후군을 부정하기로 마음먹었구나."

"부정할 생각은 없어."

"……."

토끼는 그 말의 진의를 캐려는 듯이 침묵했다.

"잊을 생각도 없지."

"그럼, 어쩔 건데? 세계가 바뀐 채로 내버려 둘 거야?"

"나는 사춘기 증후군을 추억으로 바꿀 뿐이야."

"……."

"이게 정답이잖아?"

그렇게 말한 사쿠타는 토끼를 똑바로 바라봤다.

"정답인지 아닌지는, 직접 확인해."

토끼가 사쿠타의 앞에서 한 걸음, 두 걸음 멀어지더니, 개찰구로 향했다.

마침, 미오리가 이곳에 도착했다.

개찰구에 교통카드를 대더니, 플랫폼에 들어왔다.

"저기, 아카기."

"……왜?"

사쿠타가 갑자기 말을 건네자, 이쿠미는 약간 놀란 표정을 지었다.

"건너편의 나에게, 할 말을 하기는 했어?"

사쿠타가 묻자, 이쿠미의 시선은 토끼의 등을 향했다.

"말했어. 쭉 싫어했다고 말이야."

"그랬더니?"

"난처한 표정을 짓더라니깐."

이쿠미는 입가에 미소를 머금었다.

"그거 꼴좋네."

사쿠타도 웃었다.

그런 사쿠타와 이쿠미에게 미오리가 다가오더니…….

"무슨 이야기를 그렇게 즐겁게 나누는 거예요?"

……하고 말했다.

"전철이 곧 출발할 거야. 이거 맞지? 10시 50분에 출발하는 카마쿠라행 열차."

미오리의 질문에 답하지 않으며 벤치에서 일어난 사쿠타는 전철에 타려고 했다.

"아즈사가와도 같이 갈 거야?"

"좀 있다 마이 씨와 시치리가하마 해변에서 만나기로 했어."

그렇게 말한 사쿠타는 누구보다 먼저 에노전 전철에 탔다.

차량 가장자리의 짧은 시트에, 사쿠타는 미오리와 나란히 앉았다. 토끼와 이쿠미는 두 사람을 배려하는 건지, 옆 차량에 탔다. 차량과 차량을 잇는 통로 너머로, 약간 떨어져서 앉은 두 사람이 보였다.

후지사와역을 출발한 카마쿠라행 최종 전철은, 곧 다음 역인 이시가미 역에 정차했다. 그리고 아무도 태우지 않고, 아무도 내리지 않은 채 다시 출발했다. 다음 역인 야나기코지 역에서도, 쿠게누마 역에서도, 쇼난 해안 공원역에서도 마찬가지였다.

이윽고, 전철은 에노시마역에 정차했다.

"미토, 손을 내밀어봐."

"왜?"

미오리는 의아해하면서도 강아지한테 손을 얹어보라고 시키듯이 자기 손을 내밀었다.

사쿠타는 호주머니에서 검은색 펜을 꺼내더니, 미오리의 손바닥에 우선 「0」을 적었다. 그 후에 열 자리 숫자를 하나씩 정성 들여 적었다.

그것을 적는 동안, 미오리는 손바닥을 지그시 응시했다.

다 썼을 때, 전철이 다시 달리기 시작했다.

한동안 미오리는 자신의 손바닥에 적힌 번호에서 눈을 떼지 않았다.

전철이 노면 구간에 접어들고 나서야, 미오리는 시선을 들어서 사쿠타를 쳐다봤다.

"스마트폰, 샀구나."

미오리는 불만을 드러내듯 입술을 살짝 내밀었다.

사쿠타는 호주머니에서 방금 산 스마트폰을 꺼내서 미오리에게 보여줬다.

"가장 싼 거지만 말이야."

"어제는 사기 싫은 눈치였잖아."

미오리는 그 점에 불만을 품은 것 같았다.

"그 불평은 어제의 나한테 해."

"이 사람, 짜증 나~."

미오리는 깔깔 웃었다.

사쿠타와 미오리 말고는 아무도 없는 차량 안에서, 그 웃음소리가 허무하게 울려 퍼졌다.

하지만 미오리는 개의치 않았다.

웃음을 그친 후……

"그럼, 답례로 내 번호도 가르쳐줄게."

미오리는 미소를 머금더니, 토트백에서 뭔가를 꺼냈다.

손바닥 사이즈의 네모난 단말기. 스마트폰이다.

게다가, 사쿠타와 같은 기종이었다.

"미토도 샀구나."

"가장 싼 거지만 말이야."

미오리는 의기양양한 목소리로 일부러 똑같은 말을 입에 담더니, 손바닥에 적힌 사쿠타의 번호를 입력하기 시작했다.

잠시 후, 사쿠타가 쥔 새 스마트폰에 부르르 하고 한 번

진동했다.

화면을 보니, 전화 마크에 「1」이라는 숫자가 추가되어 있었다. 착신 이력을 열어보니, 「0」으로 시작되는 열한 자리 번호가 표시됐다. 『미토 미오리』라는 이름으로 그 번호를 등록했다.

"돌아오면, 바로 연락해줘."

"모든 세계에서 토코를 되찾는 데까지 몇 년이 걸릴지 모르거든?"

"몇 년이 걸리든, 나는 미토의 친구야."

"……그래."

미오리는 곱씹듯이 고개를 끄덕였다.

"번호도 교환했으니 말이야."

장난스럽게 웃으면서, 스마트폰을 자랑하듯 들어 보였다.

전철은 미네가하라 정거장을 출발했다. 「다음은 시치리가마 해변입니다」 하고 여성의 안내 음성이 들려왔다.

레일과 바퀴가 스치는 소리를 내면서, 전철은 시치리가하마역의 플랫폼에 들어섰다. 그리고, 조용히 정차했다.

"……."

사쿠타는 아무 말 없이 자리에서 일어났다.

할 이야기는 다 했다.

문이 열렸다.

전철을 내리려 하는 사쿠타를…….

"아즈사가와."

미오리가 평소와 다름없는 목소리로 불러세웠다.

"……."

말없이 뒤를 돌아봤다.

"그 곡의 풀버전. 동영상 사이트에 올려놨어. 나를 보고 싶어지면, 들어줘."

미오리는 배시시 웃었다.

그 멋쩍은 웃음은 진심에서 우러난 것이었다.

"그럼, 매일 들을게."

사쿠타는 훈훈한 마음으로 그렇게 대답했다.

진심으로 그렇게 생각했다.

"다녀올게."

조용히, 그러면서도 힘차게 미오리는 선언했다.

"그래. 다녀와. 조금만 어른이 되어서 기다릴게."

사쿠타도 힘차게 답하더니, 앞으로 나아가듯 전철에서 내렸다.

곧 문이 닫혔다.

고개를 돌려보니, 전철은 천천히 출발하고 있었다.

서서히 멀어지는 전철을, 사쿠타는 눈으로만 쫓았다.

떨어진 곳에서 건널목의 경고음이 들려왔다. 미네가하라 고등학교 앞의 건널목이다. 고등학교에 다니는 3년 동안 들었던 소리다.

그 소리가 들려오는 방향으로, 전철은 한 칸씩 사라졌다.

겨우 네 칸밖에 안 되는 짧은 차량.

그래서, 마지막 차량도 금세 시야에서 사라졌다.

건널목의 경고음만이, 멀리서 또 들려왔다.

그 소리도, 사쿠타가 몇 번 숨을 쉬는 사이에 잦아들었다.

시치리가하마역의 플랫폼에 정적이 찾아왔다.

전철에서 내린 사람은 사쿠타뿐이다.

플랫폼에서 반대편 전철을 기다리는 사람도 없었다.

이 시간에는 역무원도 없다.

그래서, 역에는 사쿠타뿐이었다.

아무도 없는 플랫폼에 멍하니 서서, 사쿠타는 시야에서 사라진 전철을 지금도 눈으로 좇고 있었다. 카마쿠라 방면을 계속 쳐다보고 있었다.

얼마나 그러고 있었는지 모른다.

그런 사쿠타가 정신을 차린 것은……

"가버렸네."

……하고 목소리가 옆에서 들려왔기 때문이다.

왼손에서, 조그마한 손의 감촉이 느껴졌다.

고개를 돌려보니, 사쿠타의 옆에는 책가방을 멘 소녀가 서 있었다.

사쿠타의 손을 잡고, 플랫폼에 나란히 서 있었다.

"이걸로, 괜찮아."

"이제 못 만날지도 몰라."

"괜찮다니까 그러네."

"왜 그렇게 생각하는 거야?"

"어릴 적에는 귀신처럼 보이던 천장의 무늬 말이지? 크고 나면 귀신으로 보이지 않거든."

"……."

사쿠타가 그렇게 말하자, 소녀는 불가사의한 표정을 지으며 이렇게 물었다.

"그럼, 귀신은 이제 없는 거야?"

"그래."

"다들, 없어지는 거구나."

소녀는 쓸쓸한 목소리로 그렇게 말하며 고개를 숙였다.

"……그렇지 않아."

사쿠타는 고개를 저었다.

"아까, 나는 『괜찮다』고 말했지?"

"……응?"

"귀신처럼 보이지 않더라도, 천장의 무늬는 쭉 있어. 없어지는 게 아니야."

다르게 보일 뿐, 바뀌었을 뿐이다.

무늬가 사라진 것은 아니다.

"지금도, 천장에는 무늬가 남아있어. 옛날에 귀신처럼 보였다는 그리운 추억의 무늬로서 말이지. 그러니, 이만 돌아가."

또 멀리서 건널목의 경고음이 들려왔다. 고등학생 시절에 몇 번이나 건넜던 그 건널목의 경고음이다.

"혼자서 괜찮아?"

"나에게는 마이 씨가 있어. 카에데와 아버지와 엄마, 후타바와 쿠니미, 코가도 있어. 토요하마와 줏키~, 대학에는 후쿠야마도 있고, 학원에는 제자가 있어. 아카기도 있고……마키노하라 양도 돌아왔지. 꽤 시끌벅적해."

카마쿠라 방면에서 온 것은 후지사와행 전철이다. 녹색과 크림색으로 된, 고풍스러운 디자인의 에노전다운 에노전의 차량이다.

"그럼, 이제 미아가 되지 마."

소녀는 사쿠타의 손을 놨다.

멈춰 선 전철의 문이 열렸다.

소녀는 통통 튀는 듯한 발걸음으로 그 전철에 탔다.

그리고, 사쿠타를 돌아보더니…….

"잘 있어!"

환하게 웃으며 손을 흔들었다.

"응. 잘 가."

사쿠타도 마주 손을 흔들었다.

문이 닫혔다.

전철이 달리기 시작했다.

소녀는 아직 손을 흔들고 있었다.

사쿠타도 손을 흔들고 있었다.

전철이 시야에서 사라질 때까지, 그러고 있었다.

한밤의 시치리가하마 해변에서도 바다 냄새가 났다.

바람의 노래가 들려왔다.

아무도 없는 역에서 나온 사쿠타는 혼자서 바다 쪽을 향해 걸어갔다.

완만한 언덕길을 내려갔다. 바다로 이어지는 친숙한 길이다. 이윽고 국도 134호선에 도착했다. 좀처럼 신호가 바뀌지 않는 편의점 앞 건널목에서 멈추어 서곤 했다. 하지만 이날은 금방 파란색으로 바뀌었다.

이 길을 건너면, 눈앞에는 밤바다밖에 없다.

부채꼴 계단을 내려가서, 모래사장에 발을 들였다.

모래가 사쿠타를 상냥히 맞이해줬다.

하늘에는 아름다운 달이 떠 있었다. 덕분에 바다로 이어지는 수로 위의 조그마한 다리에서 달빛을 받는 누군가를, 사쿠타는 금세 발견할 수 있었다.

"마이 씨."

그렇게 말하며, 옆에 섰다.

"여기서 보는 경치가 이렇게 반갑게 느껴지다니, 신기하네."

마이의 눈은 오른편의 바다…… 에노시마 쪽을 향하고 있었다.

"그러네요."

　　여기서도 잘 보이는 미네가하라 고등학교에 다닌 사쿠타와 마이에게 있어서, 눈앞에 펼쳐진 풍경은 고등학교 시절의 감각과 깊이 연관되어 있었다.

　　그 기억은 과거가 되고, 추억이 되면서…… 어느새, 그리워할 대상이 됐다.

　　사쿠타는 마이와 같은 심정이었다.

　　"저기, 마이 씨."

　　"왜?"

　　"교원면허를 따서, 고등학교 선생님이 될까 해요."

　　"그래."

　　우선 상냥한 목소리로, 마이는 그렇게 말했다. 그 후, 사쿠타를 돌아보더니…….

　　"어떤 선생님이 될 거야?"

　　……하고 물었다.

　　"자기한테만 보이는 바니걸 때문에 당황한 학생의 이야기에, 제대로 귀 기울여주는 선생님이에요. 나한테는 보이지 않더라도요."

　　"사쿠타라면 될 수 있어."

　　"그럴까요?"

　　"내가 보증해줄게."

　　"마이 씨가 보증해 준다면, 열심히 해볼 수밖에 없겠네요."

　　"……"

“…….”

자연스럽게 대화가 끊겼다. 대화는 끊겼지만, 두 사람의 눈동자는 여전히 대화를 나누고 있었다.

“사쿠타.”

“네.”

“생일, 축하해.”

“마이 씨, 축하가 너무 늦은 것 아니에요?”

“내년에는 날짜가 바뀐 순간에 말해줄게.”

마이는 한걸음 다가오더니, 사쿠타의 손 위에 자신의 손을 얹었다.

두 사람은 자연스럽게 손을 맞잡더니, 같은 바다를 응시했다.

같은 하늘을 바라봤고, 같은 달을 바라봤다.

두 사람은 같은 경치 속에 있으며, 함께 첫 한 걸음을 내디뎠다.

모래 위.

나란히 걷는 두 사람의 발자국이 길게 이어졌다.

최종장

Hello, Goodbye

1

그날, 아즈사가와 사쿠타는 정장 차림으로 미네가하라 고등학교의 문 앞에 서 있었다.

5월 13일. 월요일. 날씨는 맑음.

현재 시각은 오전 7시 50분.

이른 아침이라, 주위에는 아무도 없었다.

이 장소가 미네가하라 고등학교의 학생으로 붐비는 건, 조례를 앞둔 시간인 약 30분 후.

그래서, 사쿠타는 학교를 독점하는 기분으로 발을 들였다.

학교 건물까지 이어지는 길을 반가운 느낌으로 한 걸음씩 걸었다.

사쿠타가 미네가하라 고등학교를 졸업한 것은, 3년 전의 일이다.

올해, 대학에 들어가고 네 번째의 봄을 맞이한다.

건물에 다가가자, 체육관에서는 아침 훈련을 하는 농구부의 힘찬 목소리가 들려왔다. 공을 튀기는 소리, 농구화가 코트와 마찰하는 소리도 들려왔다.

그런 소리를 등 너머로 들으며, 사쿠타는 교직원용 입구에 들어섰다. 익숙하지 않은 구두를 벗었다. 슬리퍼로 갈아 신은 후, 근처에 있는 계단을 통해 2층으로 올라갔다.

고등학생 시절의 기억에 의지해 향한 곳은 교무실.

아무도 없는 복도를 걸어서, 위편에 『교무실』이라고 적힌 문 앞에 도착했다.

거기서 가볍게 심호흡을 한 번 한 후, 사쿠타는 문을 열었다.

"안녕하십니까. 오늘부터 교육실습생으로서 신세를 지게 된 아즈사가와 사쿠타입니다."

작게 고개를 숙인 후, 우선 교무실 전체에 들릴 목소리로 인사를 했다.

각자의 책상에 앉아있던 교사들이 일제히 사쿠타를 돌아봤다.

하지만 그들 중 대부분은 다시 자기가 하던 일을 계속했다.

반응을 보인 이는 안쪽의 책상에 앉아있던 남성 교사였다.

"오, 왔구나. 아즈사가와."

고개를 들며 손짓을 한 사람은 고등학교 2, 3학년 때 사쿠타의 담임이었던 영어 교사였다. 일단 그 손짓에 따라 남성 교사에게 다가갔다.

"제 담당 과목은 수학입니다. 선생님은 영어 아닌가요?"

"수학 교사인 아츠기 선생님은 담임을 맡고 있지 않거든. 조례는 내가 담임을 맡은 3학년 1반을 맡도록 해."

그렇게 이유를 밝혔다.

"알겠습니다."

"하지만, 아즈사가와가 교육실습생으로 이 학교에 돌아올 줄이야."

그는 자리에 앉은 채, 감개무량하다는 듯이 사쿠타를 올려다봤다.

"의외인가요?"

"아니, 왠지 그럴 것 같은 예감이 들긴 했어."

그는 의기양양하게 웃음을 흘렸다.

"아즈사가와는 뭔가 바라는 게 있어?"

"가능하면, 부활동 고문도 경험해보고 싶습니다."

"어느 부를 맡고 싶은데?"

"아직 비어있다면, 생물부를 맡고 싶어요."

"비어있어. 그럼, 그 이야기는 나중에 하자."

그렇게 말한 후, 사쿠타에게 출석부를 내밀었다.

"알겠습니다."

사쿠타는 대답하면서, 3학년 1반의 명부를 건네받았다.

조례가 시작되자, 사쿠타는 교육실습생으로 소개됐다. 당연히 자기소개도 하게 됐다.

"아즈사가와 사쿠타입니다. 담당은 수학이지만, 조례는 이 반을 맡게 됐어요. 여러분과 마찬가지로 미네가하라 고등학교 출신입니다. 잘 부탁합니다."

칠판 앞에서 그렇게 말하자, 들뜬 듯한 분위기인 교실 안이 박수 소리로 가득 찼다.

학생 숫자는 서른다섯 명.

학생 대부분은 호기심을 드러내고 있었으며, 일부는 관심 없는 척했다.

가장 앞자리에는 아는 학생이 앉아있었다.

고등학교 3학년이 된 쇼코였다.

방긋 웃으면서, 교육실습을 온 사쿠타를 환영하고 있었다.

"아즈사가와 선생님, 질문해도 될까요!"

박수 소리가 잦아들었을 때, 교실 뒤편에 있는 누군가가 손을 들었다.

히죽거리고 있는 남학생이었다. 딱 봐도 이 반의 장난 담당 같았다.

일단 담임에게 눈길로 확인을 구했다.

그가 고개를 끄덕이자, 사쿠타는 오케이 사인을 보냈다.

"뭐지?"

손을 든 남학생에게 그렇게 말했지만, 무슨 질문을 할지는 짐작됐다. 이 학교 학생이라면 알고 있을 것이다. 사쿠타가 누구와 사귀는지를 말이다.

"사쿠라지마 마이와 사귄다는 게 정말이에요?"

예상 대로의 질문이었기에, 무심코 옅은 미소를 머금었다.

그런 사쿠타를, 이 반의 모든 학생이 쳐다보고 있었다.

장난기와, 순수한 치기가 어린 눈길로 쳐다보고 있었다.

가장 앞에 앉은 쇼코만이 「못 말린다니깐」 하고 말하는 듯한 표정을 짓고 있었다.

“진짜야.”

사쿠타가 잠깐 뜸을 들인 후에 인정하자, 반 전체가 들끓었다. 「우와!」, 「진짜래!」 하고 남학생들은 흥분했고, 여학생들은 알아들을 수 없는 비명을 지르고 있었다.

교육실습생으로서, 완벽한 첫걸음이라 할 수 있으리라.

“다들 조용히 해라.”

담임이 주의를 줬지만, 3학년 1반 교실은 한동안 시끌시끌했다.

그리운 벨소리가 조례의 끝을 알렸다.

사쿠타는 1교시 수업을 하기 위해 아직도 술렁이는 교실에서 담임과 함께 빠져나왔다. 그러자, 뒤편에서 누군가가 따라오는 발소리가 들려오더니…….

“사쿠타 씨.”

……하고 자신을 부르는 목소리가 이어서 들려왔다.

사쿠타를 그렇게 부를 사람은, 물론 쇼코뿐이다.

“아, 사쿠타 선생님이라고 부르는 편이 좋겠네요.”

실수했다는 듯이, 혀를 내민 후에 이어서 그렇게 말했다.

“우선 아즈사가와 선생님이라고 불러야 하지 않을까?”

사쿠타가 지적했지만, 쇼코는 웃으며 얼버무리기만 했다. 「아즈사가와 선생님」이라고 부를 생각은 전혀 없는 것 같았다.

“뭐야, 두 사람 아는 사이였어?”

사쿠타와 쇼코의 대화를 들은 담임이 의아하다는 투로 그렇게 말했다.

"꽤 깊은 사이에요."

쇼코가 오해를 살 수 있는 발언을 입에 담았다.

한순간, 담임은 미심쩍은 표정을 지었지만…….

"그럼, 마키노하라의 몸에 대해서는 알고 있겠지?"

곧 중요한 일이 생각났다는 투로 그렇게 물었다.

"네."

사쿠타는 짤막하게 답했다.

"그럼 긴말할 필요가 없겠지. 마키노하라가 생물부 부장이니까, 오늘 아침의 이야기를 직접 해."

"오늘 아침의 이야기?"

담임의 말을 들은 쇼코가 영문을 모르겠다는 표정으로 사쿠타를 쳐다봤다.

"생물부에서 고문 체험을 하고 싶었거든."

"마침 저도 그 부탁을 드릴 생각이었어요."

"설마 마키노하라 양이 부장일 줄은 몰랐어."

사쿠타가 그런 반응을 보이자, 쇼코는 장난이 성공했다는 듯한 표정을 지으며 웃었다.

"이날을 위해, 숨겼던 거예요."

2

6교시까지의 수업과 종례, 그리고 생물부 활동에 참여한 사쿠타가 교육실습 첫날을 마친 것은 하늘이 석양에 물드는 오후 다섯 시 이후였다.

쇼코를 비롯한 생물부 학생과 헤어지고, 교무실에서 일일 보고서를 쓴 사쿠타는 여섯 시가 넘어서야 퇴근했다.

하교 시간이 한참 지나서 그런지, 시치리가하마역으로 이어지는 길에는 학생이 없었다. 귀갓길도 독점하고 있는 듯한 느낌을 받으며 역으로 향한 후, 고등학생 시절에 매일 이용했던 에노전의 전철을 타고 후지사와로 돌아갔다.

먼저 전철을 내린 승객의 뒤를 따르며, 시끌시끌한 개찰구를 통과했다. 이 시간이 되자, 이 지방 주민 말고도 관광객이 드문드문 보였다.

에노전의 역을 빠져나온 후, 역사 북쪽 출구로 걸음을 옮겼다. 도중에 JR과 오다큐의 개찰구에서 나온 인파와 합류했다.

가전제품 양판점에서 새어 나오는 불빛을 쳐다보면서, 입체 보행로 위를 걷고 있을 때였다.

"누구게~?"

갑자기 뒤편에서 누군가가 사쿠타와 몸을 맞대면서, 그의 눈을 가렸다.

귀에 익은 여자애의 목소리였다.

"히메지 양이지?"

"땡~, 틀렸어요."

기분 좋은 듯한 목소리로 그렇게 말한 여자애는 사쿠타의 눈을 가린 손을 뗐다.

사쿠타가 뒤를 돌아보니, 세련된 사복 차림의 사라가…….

"정답은, 여대생이 된 히메지 사라랍니다."

……하고 말하면서, 즐거운 듯이 손뼉을 쳤다.

그 뒤편에는 토모에가 있었다.

"두 사람 다, 오래간만이야."

"선배가 패밀리 레스토랑 아르바이트를 관둔지도 벌써 두 달째지? 송별회 날 마지막으로 봤잖아? 선배, 혹시 좀 늙었어?"

토모에는 정장 차림인 사쿠타를 곰곰이 뜯어보면서 웃음을 터뜨렸다.

"코가도 내년에는 취업 활동을 해야 하니까 조심해."

"뭘 조심하란 거야?"

"겉멋 낸 유치원생으로 오해받지 않도록 말이야."

"말도 안 되는 소리 마."

토모에는 말도 안 된다는 표정을 지으며 웃음을 터뜨렸다.

하지만, 뜻밖의 인물이 그 말에 반론했다.

"토모에 선배라면 있을 수 있는 일 아니에요? 오늘도 캠퍼스 안에서 1학년으로 오해받아서, 권유 받았잖아요."

사라가 심술궂은 미소를 머금으며 고자질했다.

"그건 히메지 양과 같이 있어서야!"

토모에는 한사코 자기 탓이 아니라고 우겼다.

"뭐, 내년을 기대할게."

"선배와는 절대로 정장 차림으로 안 만날 거야."

"제가 사진 찍어서 보내드릴게요."

사라가 귓속말로 그렇게 말했다.

"그래도 의외인걸. 히메지 양이 코가와 같은 여대를 고를 줄은 몰랐어."

"보육 공부를 하기에 좋은 대학이거든요."

"그것도 의외야."

"사쿠타 선생님은 제가 남자들에게 떠받들어지지 않으면 못 사는, 불쌍한 인간이라고 생각하는 거 아니에요?"

"그렇게 생각하지 않는 건 아냐."

정곡을 찔린 사쿠타는 쓴웃음을 흘리며 인정했다.

"대학에 남자가 없어도 괜찮아요. 미팅에서 떠받들어지고 있거든요."

사라는 태연한 어조로 그렇게 말했다.

"참, 그래도 어제는 토모에 선배가 더 인기 있었어요."

사라는 장난기 어린 목소리로 그렇게 말하더니, 사라를 향해 시선을 돌렸다.

"흐음."

"그, 그건 미팅이 아니라! 다른 학교와의 전통적인 교류회 였어!"

토모에는 필사적으로 부정했다.

"연락처 물어보는 사람 엄청 많지 않았어요?"

"흐음."

"그, 그건 앞으로 문화제 등으로 협력할 일도 있으니까……."

토모에는 말끝을 흐렸다.

"나, 아르바이트하는 날이니까 먼저 가볼게!"

"아, 기다려요. 저도 아르바이트하는 날이라고요!"

도망치는 토모에를, 사라가 쫓아갔다.

하지만 탄성을 토한 사라는 뭔가가 생각난 것처럼 멈춰섰다.

"그 이야기, 리오 선생님한테 들었어요?"

"무슨 이야기?"

"토라 말인데, 겨우 리오 선생님에게 다시 고백했나 봐요."

사라는 웃으며 그런 말을하고 손을 흔든 후, 다시 토모에 를 쫓아갔다.

사쿠타가 학원에 들어가보니, 프리 스페이스에는 학교에 서 돌아온 학생 몇 명이 모여서 담소를 나누고 있었다. 여자 그룹은 남친이 생겼다는 이야기를 가지고 시끄럽게 떠들고 있었다.

"오, 아즈사가와 군. 정장이 잘 어울리는걸."

그렇게 말한 이는 자판기에서 캔 커피를 뽑아온 학원장이었다.

"오늘부터 교육실습을 하는 날이라서요."

"채용시험에 떨어지면, 우리 학원에 와."

"가능하면, 신세를 지는 일이 없도록 노력하겠습니다."

사쿠타의 대답을 듣고 웃음을 터뜨린 학원장은 교무실로 돌아갔다.

그런 그와 교대하듯, 학원 강사의 흰색 재킷을 걸친 리오가 교실에서 나왔다. 마침 수업이 끝난 것 같았다.

"후타바."

말을 건네자, 리오가 사쿠타를 돌아봤다.

"오늘부터였나 보네."

사쿠타의 옷차림을 본 리오가 그렇게 말했다.

"아까, 쇼코 양한테서 연락받았어."

"뭐래?"

"자기소개가 재미있었대."

"첫날치고는 완벽하지 않아?"

"쇼코 양이 기뻐하니 됐어."

그렇게 말한 리오는 자판기 쪽으로 걸어갔다. 스마트폰을 댄 후, 페트병에 든 카페오레를 샀다.

"참, 후타바."

"왜?"

리오는 뚜껑을 따더니, 카페오레를 입에 가져갔다.

"나한테 할 이야기 있지 않아?"

"딱히 없어."

리오가 시선을 돌렸다. 거짓말을 하는 티가 역력히 났다.

"카사이 군에게 고백을 또 받았는데도 말이야?"

"……."

리오는 사쿠타를 노려봤다. 하지만 부끄러워하는 티가 났기에, 박력이 전혀 느껴지지 않았다.

"이야~. 시험 당일에 열이 나서 제1지망에 떨어졌을 때는 걱정했어. 그래도 카사이 군이 재수 끝에 자기가 가고 싶은 대학에 들어가서 다행인걸."

합격하지 못했다는 말을 들었을 때는 걱정을 많이 했다. 직전의 모의고사에서 최고 평가인 『A』를 받았기에, 안심했던 것이다.

"카사이 군에게 뭐라고 대답했어?"

"일단 같이 밥을 먹었어."

리오는 작은 목소리로 가르쳐줬다.

"어디서?"

"대학의 학생 식당이야."

또 기어들어가는 목소리로 말했다.

"데이트할 거면, 좀 괜찮은 데 가라고……."

"다음에 츠쿠바시까지 같이 가기로 약속하긴 했어."

리오는 시선을 돌린 채, 실토했다.

"츠쿠바시에 뭐가 있는데?"

"같이 우주 센터 견학을 가기로 했어."

"재미있겠는걸. 나도 몰래 따라가도 돼?"

"……."

리오가 얼음장 같은 눈길로 사쿠타를 쳐다봤다.

"농담이야."

"하아……."

리오는 사쿠타의 앞에서 땅이 꺼지도록 한숨을 내쉬었다.

"저기, 아즈사가와."

"응?"

"세 번째 데이트쯤에는, 고백에 대답해주는 편이 좋겠지?"

고개를 돌린 리오의 얼굴은 아름다운 붉은색으로 물들어 있었다.

"일반적으로는 그럴 거야."

"알았어. 참고할게."

토라노스케는 2년이나 리오를 계속 마음에 품고 있었으니, 얼마든지 질질 끌어도 괜찮을 것이다. 하지만, 사쿠타는 그 말을 하지 않았다.

3

교육실습이 시작되고 일주일 후인 월요일. 5월 20일.

나스노에게 얼굴을 밟혀서 잠에서 깬 사쿠타가 방에서 나가보니, 카에데가 아침 식사를 준비하고 있었다. 토스트의 향긋한 냄새가 거실에 감돌고 있었다.

"아, 오빠. 좋은 아침."

"좋은 아침."

"오늘은 교육실습을 쉬고, 대학에 간다고 했지?"

"그래."

카에데가 끓여준 커피를 한 모금 마셨다.

"노도카 씨가 일하러 가는 김에 차로 데려다준다고 했는데, 오빠도 같이 탈래?"

"그럴까. 실은 토요하마에게 할 말도 있거든."

그렇게 대답한 후, 사쿠타는 토스트를 배어물었다.

2교시에 늦지 않게 출발한 차는 순조롭게 대학으로 향하고 있었다.

핸들을 쥔 사람은 노도카다. 조수석에는 카에데가 앉아있으며, 사쿠타는 뒷좌석에 앉아있었다.

이 차는 마이의 것이지만, 그녀는 차 안에 없었다.

"저기, 토요하마."

"왜?"

빨간 신호에 걸려서 차가 선 타이밍에, 사쿠타는 뒷좌석에서 노도카에게 말을 건넸다.

"스위트 불릿의 무도관 라이브가 결정됐다며?"

"맞아."

노도카는 약간 애매한 목소리로 답했다.

"어제, 트렌드에 올라갔더라."

"몇 번이나 꿈에서 보긴 했지만…… 드디어 이뤘어."

"노도카 씨, 축하해요."

카에데가 옆에서 축하해줬다.

"고마워. 해산 라이브이기도 하니까, 마음이 좀 복잡해."

노도카가 솔직하게 기뻐하지 못하는 건, 그 이유 탓이다.

"아, 물론 기쁘기는 해."

차 안의 분위기가 가라앉기 전에, 노도카가 밝은 목소리로 그렇게 말했다.

"토요하마는 아이돌을 졸업하고 나면, 어떻게 할 거야?"

"일단 집에 돌아갈까 싶어."

혼잣말하는 듯한 투로 그렇게 말한 노도카의 목소리는 메말라 있었다.

"가출도 너무 오래 했잖아. 그렇게 해. 즛키~한테도 축하한다고 전해줘."

"직접 말해~."

신호가 파란색으로 바뀌자, 차가 출발했다.

"그것도 그런가."

사쿠타는 호주머니에서 스마트폰을 꺼내더니, 우즈키에게 메시지를 보냈다.

―국기관 스모 대회 진출, 축하해.

그러자…….

곧 『읽음』 표시가 뜨더니, 우즈키에게서 답장이 왔다.

―우승하도록 열심히 할게. 그리고 국기관이 아니라 무도관 라이브거든?!

"즛키~도 성장했는걸. 딴죽도 날릴 줄 알잖아."

"오빠, 무슨 소리를 하는 거야?"

카에데에게 이유를 설명하기 전에, 이번에는 전화가 걸려 왔다.

화면에 표시된 전화 상대는 물론 『즛키~』였다.

게다가, 영상 통화였다.

통화 버튼을 터치한 후, 스마트폰을 얼굴 앞에 들었다.

화면 너머에 우즈키가 확대 표시됐다.

"즛키~, 무슨 일이야? 그리고 너무 가깝다고."

"꼭 무도관 라이브를 보러 와!"

우즈키가 화면에서 얼굴을 뗐다. 아무래도 우즈키도 차로 이동하고 있는 것 같았다.

"티켓을 구하면 가겠어."

"약속한 거야! 자, 엄마도 한 마디 해줘."

운전석이 스마트폰에 비쳤다. 핸들을 쥔 우즈키의 어머니가 화면에 나왔다. 그리고 「운전 방해하지 마!」 하고 말하면서 우즈키의 스마트폰을 밀어냈다.

그대로, 영상 통화가 끊겼다.

"역시 즛키~라니깐."

사쿠타의 사정 같은 건 개의치 않았다.

"그건 그렇고, 웃기네."

노도카는 그렇게 말하며 웃었다.

"너무 기뻐서, 웃음을 참을 수 없는 거야?"

사쿠타가 그렇게 묻자…….

"사쿠타의 입에서 트렌드란 말이 나온 게 웃겨."

……하고 말한 노도카는 더 크게 웃었다.

"그건 그래요."

조수석에 앉은 카에데도 그렇게 말하며 웃었다.

노도카가 운전하는 차가 대학이 있는 카나자와 핫케이 역 앞에 도착한 건, 2교시가 시작되기 15분 전이다.

"노도카 씨, 고마워요."

달려가는 차를 배웅한 후, 사쿠타와 카에데는 느긋하게 대학으로 향했다.

정문을 통해 학교 안으로 들어갔다. 그러자 앞에서 걷고 있는 학생 사이에서 눈에 익은 뒷모습을 발견했다.

"코미, 좋은 아침."

카에데가 말을 건네면서 다가갔다.

그 말을 듣고 고개를 돌린 이는 카에데의 소꿉친구인 카노 코토미였다.

"카에, 좋은 아침이야. 오빠분도, 좋은 아침이에요."

뒤편에 있는 사쿠타를 발견한 코토미는 공손히 인사했다.

"좋은 아침."

그대로 셋이 함께 가로수길을 나아갔다.

"코미, 영어 과제는 했어?"

"아직이야, 카에. 오늘, 같이 하지 않을래?"

"고마워~."

두 사람은 수업 이야기를 나누면서, 본관 쪽으로 향했다. 가로수길을 쭉 나아간 곳…… 연구동에 볼일이 있는 사쿠타는 여기서 두 사람과 헤어지기로 했다.

"나는 연구실에 가봐야 해."

"아, 네. 그럼, 다음에 봐요."

코토미는 이번에도 공손히 인사를 한 후, 카에데와 함께 본관 쪽으로 걸어갔다. 「오빠한테는 그렇게 예의 안 차려도 돼」, 「그럴 수는 없어」, 「왜?」 하고 즐겁게 이야기를 나누면서…….

연구동에서 담당 교수에게 졸업 연구 주제에 관한 상의를 한 시간 정도 나눈 후, 사쿠타는 이른 점심을 먹으러 학생 식당으로 향했다.

수업 시간이라 한산한 시간에, 식사를 마치려는 속셈이었다.

그런 생각을 한 사람은 사쿠타만이 아닌 건지, 식당 입구에서 아는 사람과 마주쳤다.

"아즈사가와가 왜 여기 있는 거야? 교육실습 중 아니었어?"

같은 통계과학부인 후쿠야마 타쿠미다.

"오늘은 쉬는 날이야."

그런 이야기를 나누면서, 두 사람은 함께 식당에 들어갔다.

"한가해서 학교에 온 거야?"

"교수에게 졸업 논문의 주제를 확인받으려고 왔어."

덮밥 코너에서 요코이치동을 주문했다.

"나도 그거로 할래."

뒤편에 있는 타쿠미가 그렇게 말하면서 식당 아주머니에게 주문을 했다.

사쿠타는 닭고기 볶음 위에 온천 달걀이 토핑된 맛있어 보이는 덮밥을 받은 후, 개방감 있는 창가 테이블에 앉았다. 타쿠미는 맞은편에 앉았다.

"아즈사가와는 졸업 논문 주제를 뭐로 정했어?"

"『모두의 SNS 글에서 찾아볼 수 있는 일반론의 현재치와 현재 위치에 관해』."

"요약하자면?"

“모두란 대체 뭘까?”

“……거 되게 어렵겠네.”

“그래서 교수님한테도 좀 더 범위를 좁히란 소리를 들었어.”

“어디를 어떻게 좁힌 건데?”

타쿠미는 밥과 달콤 짭짤한 토핑을 입에 넣으면서 물었다.

“10대의 일반론을 조사하는 거로 해서, 테마는 통과했어.”

“그렇구나. 그래도 힘들겠네.”

“후쿠야마는 뭐 하러 오늘 대학에 온 거야?”

“그야 나도 졸업 논문 때문이야. 컴퓨터실에서 논문을 뒤지고 있었어.”

그런 이야기를 나누다 보니, 먹기 쉬운 덮밥은 금방 바닥을 보였다.

식후의 차를 떠 왔다. 자리에 앉아서 한 모금 마셨을 때…….

“참, 맞다. 아즈사가와.”

타쿠미가 갑자기 진지한 표정을 지었다.

“왜 그래? 여친에게 차인 거야? 안됐네.”

“안 차였어!”

“그럼, 뭔데?”

“나, 홋카이도에서 취직하게 됐어.”

이런 이야기를 나누니, 대학교 4학년이 됐다는 것이 실감 났다.

“어떤 회사에서 뭘 하는데?”

"방송국의 데이터 관리실이란 데서, 외부 회사와 협력해 시청률이나 시청자 만족도를 조사하는 것 같아."

"그거, 위험한 거 아냐?"

"왜?"

"그야 후쿠야마의 여친은 거기의 여자 아나운서잖아? 작년부터 말이야."

"나도 신경 쓰여서 네네에게 물어봤는데, 『뭐? 도쿄의 여자 아나운서도 아니고, 괜찮아』 하며 발끈하더라니깐."

"아무튼, 취직 축하해."

사쿠타는 차가 담긴 컵을 들어 보였다.

타쿠미도 마찬가지로 플라스틱 컵을 들자, 두 사람은 건배했다.

"그러니 졸업하고 나면, 자주는 못 볼 거야."

"신경 쓰지 마. 이쪽에 있어봤자, 졸업하면 어차피 그렇게 돼."

"뭐, 그것도 그래."

식당 입구가 술렁거리기 시작했다. 2교시가 끝나고, 점심시간이 된 것이다.

미리 말을 맞춘 것도 아닌데, 사쿠타와 타쿠미는 쟁반을 들고 자리에서 일어났다. 그것을 반납대에 가져다 놓은 후, 혼잡해지기 전에 식당을 나섰다.

"아즈사가와는 이제 뭘 할 거야?"

"졸업 논문에 참고할 논문이 없는지 뒤져봐야지."

"그럼 갈 곳은 같네."

사쿠타와 타쿠미는 도서관 쪽으로 향했다.

4

"아르바이트하러 가야 해."

오후 세 시가 지나자 타쿠미가 아르바이트를 하러 돌아간 후에도, 사쿠타는 졸업 연구에 쓸 논문 수집을 계속했다.

정신을 차리고 보니, 하늘은 어둑어둑해졌다.

필요한 논문을 프린트한 사쿠타는 완전히 해가 지기 전에 대학을 나섰다.

익숙한 역까지의 익숙한 길을, 사쿠타는 혼자 걸었다.

4교시가 끝나고 시간이 좀 지나서 그런지, 주위에는 학생이 거의 없었다.

역에는 3분 정도면 도착할 것이다.

개찰구를 통과하고 계단으로 플랫폼에 내려가보니, 아는 사람이 전철을 기다리고 있었다.

줄 선 사람이 없는데도 승차구 앞의 선에 딱 맞춰 서 있는 이는 아카기 이쿠미였다. 사쿠타의 기척을 느낀 이쿠미는 사쿠타를 힐끔 쳐다봤다. 하지만 다시 정면을 향해 시선을 돌렸다.

사쿠타는 쓴웃음을 머금으며 이쿠미의 옆에 섰다.

"오랜만이야."

"다른 자리도 비어 있거든?"

이쿠미는 옆에 있는 승차구를 눈짓으로 가리켰다.

"간호학과는 4학년이 되면 실습이 많은 거야?"

사쿠타는 개의치 않으며 그렇게 말했다.

아마 만나는 건 1년 만일 것이다. 간호학과는 2년 차부터 캠퍼스가 달라지기 때문에, 대학 안에서 마주치는 일이 없어졌다.

"절반 정도는 실습이야."

이쿠미는 약간 성가신 투로 담담히 대답했다.

"간호사복을 입고?"

"간호사복을 입고."

"흐음~."

"보고 싶어?"

이쿠미가 곁눈질로 쳐다보며 그렇게 물었다. 뜻밖의 반응이었다. 손에는 가방에서 꺼낸 스마트폰을 쥐고 있었다.

"꼭 보고 싶어."

"자, 봐."

이쿠미는 스마트폰의 화면을 사쿠타에게 보여줬다.

거기에는 사진 한 장이 표시되어 있었다.

연수용 간호사복을 입은 한 여학생이 표시되어 있었다.

"왜 카미사토의 사진인 건데?"

"내 사진은 가지고 있지 않거든."

지당하기 그지없는 이유였다.

확실히 처음 간호사복을 입고 들뜬 이쿠미가 무심코 셀카를 찍는 모습은 그다지 상상이 되지 않았다.

"지난주에 소방관인 남친과 유원지에 놀러 갔대."

이쿠미는 메시지 애플리케이션으로 받은 사진을 사쿠타에게 보여줬다. 테마파크를 대표하는 마스코트의 귀를 귀에 단 사키와, 팝콘을 먹고 있는 유마가 함께 찍혀 있었다.

"카미사토가 어떻게 지내는지 물어본 적 없거든?"

"두 사람 다 고등학교 동창이잖아."

"그러는 아카기는 요즘 어때?"

"어떠냐니?"

이쿠미는 알아들었으면서 일부러 이야기를 돌렸다.

"남친이 생겼다거나, 누군가와 다시 사귀기로 하진 않았어?"

"뭐, 평범해."

YES도, NO도 아닌 평범한 대답이었다.

"뭐, 평범한 게 최고이긴 하지."

"그러는 아즈사가와는 어때?"

"나는 행복해."

"그게 진짜로 최고일 거야."

전철이 플랫폼에 들어왔다. 하네다 공항행 급행 전철이다.

차량으로 한 걸음 들어선 이쿠미의 입가에는 희미한 미소가 어려 있었다.

이쿠미와 요코하마 역에서 환승하면서 헤어진 후, 사쿠타는 토카이도선 전철을 타고 후지사와로 돌아왔다.

오후 여섯 시 반이 지난 역 앞은 귀가하는 사회인과 학생들로 붐비고 있었다. 오다큐선에서 JR로 갈아타는 사람도 있는가 하면, JR에서 오다큐선으로 향하는 행렬도 있었다.

사쿠타는 밖으로 향하는 행렬에 섞여서, 역 북쪽 출구로 향했다.

오늘은 다른 일정이 없었다.

이제 집으로 돌아가기만 하면 된다.

가전제품 양판점 앞을 지나자, 역 앞의 소음이 멀어지기 시작했다. 입체 보행로에서 내려가서 그 앞의 건널목을 건넌 후, 사카이 강에 걸린 다리를 건널 즈음에는 주위가 정적에 휩싸였다.

완만한 언덕을 느긋하게 걸으며 올라가고 있을 때, 차 한 대가 사쿠타의 옆을 지나쳤다. 흰색 미니밴이었다. 마이의 매니저가 모는 차다.

그 차에서 브레이크 램프가 켜지더니, 20미터 정도 앞에서 멈춰 섰다.

그리고 문이 열리며, 뒷좌석에서 마이가 내렸다.

마이가 운전석을 향해 무슨 말을 하자, 문이 닫힌 차는 그녀를 이 자리에 남겨둔 채 출발했다.

그즈음에는 사쿠타도 마이의 곁에 도착했다.

"마이 씨, 어서 와요."

"다녀왔어. 사쿠타도 어서 와."

두 사람은 나란히 걷기 시작했다.

"대하드라마의 촬영은 순조로워요?"

"응. 다들 베테랑 연기자이고, 스태프도 실력이 좋거든. 촬영도 월요일부터 금요일까지로 정해져 있어."

마이는 가벼운 어조로 그렇게 말했다.

"즐거워 보이네요."

"보람이 있긴 해. 대학을 또 1년 휴학해야 하는 건 아쉽지만 말이야."

"나도 1년 휴학할까요."

"사쿠타는 올해 졸업해. 선생님이 될 거잖아."

"채용된다면 말이에요."

"그러도록 노력해."

마이는 다짐을 받아내려는 듯이 그렇게 말했다.

"네."

"좋아."

사쿠타가 순순히 대답하자, 마이는 그렇게 말하면서 만족스러운 듯이 미소 지었다.

"교육 실습은 순조로워?"

"학생들이 『사쿠타 쌤』이라 부르며 따라요."

"그건 얕잡아 보는 거 아냐?"

마이는 웃으면서 지적했다.

"마이 씨와 사귀는 덕분에, 인기가 좋거든요."

"그럼, 됐어."

역시, 마이는 웃고 있었다.

"하지만 연애 상담만 받는 게, 개인적으로는 고민이긴 해요."

"즐거울 것 같네."

"뭐, 즐겁긴 해요."

아직 마이처럼 보람을 느낄 수 있는 상황은 아니다. 하지만, 되려고 생각했던 존재가 되기 위해, 긍정적으로 행동하고 있다. 그런 충실감은 확실히 느끼고 있다.

"그러고 보니, 마이 씨는 저녁 먹었어요?"

"아직이야."

"그럼 내가 뭐라도 만들 테니까, 같이 안 먹을래요?"

"그래. 그럼 함께 만들어 먹자."

그런 별것 아닌 대화를 나누다 보니, 맨션이 보이는 곳까지 도착했다.

5

다음날인 5월 21일부터, 1학기 중간고사가 시작된다.

사쿠타의 역할은 문제지 배포.

시험관으로서, 부정행위를 하는 학생이 없는지 교실 안을 감독하는 것.

그리고 답안지 위에서 샤프를 경쾌하게 놀리는 소리를 들으면서, 종료 시각까지 조용히 있는 것이다.

겨우, 종료를 알리는 벨이 울리자…….

"자, 그만."

그렇게 말한 후, 뒤편에서부터 앞으로 전달한 답안지를 가장 앞자리에서 수거했다.

이제까지는 시험을 치르는 위치였기에, 사쿠타는 교사의 위치에서 신선한 체험을 했다. 학원에서 한 명 한 명을 가르치는 것과는 또 느낌이 달랐다.

오늘은 영어, 국어, 수학, 이렇게 세 과목의 시험만 친다.

그래서 3교시의 수학이 끝난 교실 안에는 해방감에 감싸여 있었으며, 학생들은 축 늘어져 있었다. 각자 시험에 대한 결과를 이야기하면서…….

이런 시험 직후의 분위기는 사쿠타의 학창 시절과 크게 다르지 않았다.

종례가 끝난 후에도, 일부 학생은 교실에 남아서 내일 시험과 마주하는 것을 최대한 거부하고 있었다.

"빨리 돌아가서 공부해."

사쿠타는 그렇게 말하면서 교실을 나섰다. 교실 안에서는 푸념이 들려왔지만, 사쿠타는 상대해주지 않았다.

사쿠타에게도 할 일이 있는 것이다. 교무실에 돌아가서 일일 보고서를 쓴 후, 담임에게 오늘 일을 보고해야만 한다.

빠른 발걸음으로 복도를 나아갔다.

어느 교실에나 학생이 몇 명 남아서 잡담을 나누고 있었다.

하지만 아무도 없는 교실이 두 개 있었다.

양쪽 다, 빈 교실이다.

다음 교실도 비어있을 줄 알았더니, 안에서 목소리가 들려왔다.

"그래서 말했잖아. 아무도 믿어주지 않을 거라고……."

진지하고 심각한 목소리였다.

교실 안을 쳐다보니, 여학생 한 명이 있었다.

이야기 소리가 들렸지만, 교실 안에는 한 명뿐이었다.

"나도, 어떻게든 하고 싶지만……."

또 무슨 말을 했다.

혼자뿐인데 말이다.

"무슨 일 있니?"

신경이 쓰인 사쿠타가 입구에서 말을 건네자……

"으?!"

여학생은 노골적으로 깜짝 놀랐다.

"……."

사쿠타를 돌아보며, 그대로 굳어버렸다.

바로 그때, 복도 쪽에서 밝은 목소리가 들려왔다.

"아, 사쿠타 쌤. 잘 있어요~."

3학년 1반의 남학생 네 명이 걸어오고 있었다. 가장 앞에 있는 학생이 그렇게 말하자, 다른 세 사람도「잘 있어요~」 하고 말했다.

그중에서 가장 먼저 입을 뗀 남학생…… 교육실습 첫날, 자기소개 때「사쿠라지마 마이와 사귄다는 게 정말이에요?」 하고 물었던 학생이 교실 안을 쳐다봤다. 그의 눈이 교실 안에 혼자 있는 여학생을 향했다.

"그다지 얽히지 않는 편이 좋을 거예요. 쟤, 유령이 보인대요."

남학생은 귓속말로 그렇게 말했다. 그리고 다른 남학생과 함께 웃으면서 돌아갔다.

복도에 남겨진 이는 사쿠타뿐이다.

그리고 교실 안에는 여전히 여학생 한 명뿐이다.

"아~, 나는 교육실습을 하러 온……."

"아즈사가와 선생님, 맞죠?"

여학생이 사쿠타의 말을 끊었다. 그 태도에서는 경계심이 느껴졌다.

"잘 아네."

“유명하거든요.”

“마이 씨 덕분이려나?”

“……”

여학생은 말없이 고개를 끄덕였다.

“유령이 보인다는 게 진짜야?”

“저와는 얽히지 않는 편이 좋을 거예요.”

아무래도 아까 그 귓속말을 들은 것 같았다.

“하지만, 이 교실에는 한 명 더 있는 거지?”

“……네?”

사쿠타의 말이 뜻밖인 건지, 여학생은 약간 어리둥절한 표정을 지었다.

“……선생님은 보이는 거예요?”

여학생은 머뭇머뭇 물었다.

“아니, 나한테는 안 보여. 하지만, 너를 믿어.”

“……”

여학생은 사쿠타를 어떻게 대해야 할지 모르겠다는 표정을 지었다. 그런 망설임이 얼굴에 드러나 있었다.

“곤란한 일이 있으면, 내가 이야기를 들어줄게.”

“……”

아직 깊은 망설임이 감돌았다.

“다음 주 수요일까지는 교육실습을 위해 이 학교에 있을 거야.”

“…….”

대답은 하지 않았다. 여학생은 뭔가를 생각하며, 그저 서 있었다.

“내가 할 말은 이게 다야. 방해해서 미안해.”

사쿠타는 그렇게 말하며 돌아섰다.

“기다려주세요.”

“…….”

말없이 뒤를 돌아보자, 여학생은 사쿠타를 향해 한 걸음 내디뎠다.

“저는 2학년 1반의 에비나 린이라고 해요.”

“나는 아즈사가와 사쿠타. 아즈사가와 서비스 에어리어의 『아즈사가와』에 하나사쿠타로의 『사쿠타』야.”

“선생님을…… 믿어도 될까요?”

사쿠타는 에비나 린을 똑바로 바라봤다. 불안과 갈등 탓에 눈동자가 흔들리고 있었다. 아련한 기대와 희망 또한 담겨 있었다.

“나는 에비나 양을 믿어.”

그러니, 여기서부터는 자기가 하기 나름이다.

그렇게 전하는 심정으로, 사쿠타는 그녀를 향해 진심을 담아 말했다.

아주 조금, 그녀의 표정이 부드러워진 것처럼 보였다.

이날, 사쿠타가 미네가하라 고등학교의 교문을 나선 것은 태양이 하늘 높이 떠오른 오후 한 시경이었다. 따뜻한 햇살이 쏟아지고 있는 훈훈한 날씨였다.

정장을 입고 있으니 땀이 날 것 같았기에, 사쿠타는 건널목을 건너면서 재킷을 벗었다. 넥타이도 약간 느슨하게 했다.

주위에는 학생이 없었다.

시험은 오전에 끝났기에, 다들 돌아갔다.

전철이 천천히 통과한 후, 차단기가 올라갔다.

수로에 걸린 짧은 다리를 건너면, 시치리가하마 역은 코앞이다. 단선 노선인 조그마한 역. 개찰구에는 허수아비 같은 장치만 있을 뿐이다.

교통카드를 대고 안으로 들어갔다.

하교 시간에는 학생들로 북적일 플랫폼은 한산했다.

벤치에 짐과 벗은 재킷을 둔 후, 선 채로 전철이 도착하기를 기다렸다.

느긋한 분위기 속에서, 시간이 느긋하게 흘렀다.

약 10분 후, 건널목 소리가 들려왔다.

이어서 전철이 플랫폼에 들어왔다.

천천히 다가온 후, 천천히 멈췄다.

문이 열렸다.

벤치에 둔 짐과 재킷을 챙긴 사쿠타는 전철에 탈 했다.

그런 사쿠타의 시야 구석에, 누군가와 닮은 실루엣이 비쳤다.

옆 칸에서 내린 한 명의 여성이다.

플랫폼 위에서, 사쿠타는 걸음을 멈췄다.

사쿠타의 눈에 들어온 것은, 하프 업 스타일의 어깨 아래로 기른 머리카락.

원피스 위에 밀리터리 재킷을 걸친, 친숙한 복장.

나이는 사쿠타와 비슷해 보였다.

"문이 닫힙니다."

역무원이 그렇게 말하며 신호를 보냈다.

정차 중인 전철은 후지사와행이다. 즉, 사쿠타가 타야 하는 전철이다.

하지만 사쿠타의 발은 플랫폼에 못 박힌 것처럼 움직이지 않았다.

발이 꼼짝도 하지 않았다.

움직인 것은 상반신뿐이다.

사쿠타의 시선이 전철에서 내린 하프 업 헤어스타일의 여성을 향했다.

그 모습을 두 눈동자로 응시했다.

전철의 문이 닫히더니, 「출발」 신호에 맞춰 달리기 시작했다.

그 시선을 눈치챈 건지, 하프 업 헤어스타일의 여성도 사쿠타를 쳐다봤다.

눈이 마주쳤다.

그러자 여성은 「무슨 일이지?」 하고 말하는 듯한 표정을 지으며 눈썹을 살짝 찌푸렸다.

그런 반응을 보이는 게 당연했다.

비슷한 것은 헤어 스타일과 복장뿐이다.

여성에게 감도는 분위기는, 사쿠타가 아는 『그녀』와 전혀 달랐다.

왼쪽 눈 아래의 눈물점도 없었다.

"왜 그래? 아는 사람이야?"

옆에 있던 지인 같아 보이는 여성이 하프 업 헤어 스타일의 여성에게 말을 건넸다.

"아니, 몰라."

여성은 사쿠타에게서 눈을 떼더니, 개찰구에 교통카드를 대고 밖으로 나갔다.

사쿠타는 그 뒷모습을 눈으로 좇지 않았다.

불가사의하게도 낙담하지는 않았다.

그저, 자기 자신을 향해 쓴웃음을 지을 뿐이었다.

『그녀』가 사쿠타의 착각을 안다면, 웃음을 터뜨렸을 것이다. 틀림없다. 「그렇게 저를 만나고 싶었어요?」 하고 말하며, 사쿠타를 놀렸을 게 분명하다.

그 모습이 상상할 수 있었기에, 쓴웃음을 지은 것이다.

자신의 착각을 얼버무리려는 듯이, 다시 벤치에 짐을 뒀다. 후지사와행 전철은 방금 떠났다. 다음 전철이 오는 건 십여 분 후다.

기다리는 사이, 사쿠타는 재킷의 호주머니에서 무선 이어폰 케이스를 꺼냈다. 두 귀에 그것을 끼운 후, 스마트폰의 음악 애플리케이션을 켰다.

익숙한 손놀림으로 고른 것은, 애청곡으로 등록해 둔 악곡.

아티스트의 이름은 『키리시마 토코』.

곡명은 『Turn The World Upside Down』.

『그녀』가 여행을 떠나기 전에 남겨준 풀버전.

모든 마음이 담겨있는 노래.

"지금도 어딘가에서 부르고 있겠지."

입가에 남아있던 쓴웃음이, 자연스레 미소로 변했다.

"이 노래를 말이야."

사쿠타의 손가락이, 재생 버튼에 닿았다.

너를 만나서 다행이야.

벌써 10년도 더 된 일입니다.
전작인 사쿠라장이 완결을 향해 달려가기 시작했을 즈음, 평소처럼 회의를 마치고 들른 선술집에서
카모시다 선생님이 신작 아이디어를 이야기해줬습니다.
두 가지 아이디어 중 어느 쪽을 고를지 고민하고 있다는 잡담이었는데,
저는 다음 작품에 참여할 예정도 아니면서 그중 한 쪽,
청춘 SF 쪽이 정말 재미있다고 느꼈습니다. 제가 삽화 맡을게요! 스케줄 됩니다!
하고 선생님에게 열변을 토한 게 기억에 남아 있습니다.
완결 축하드립니다. 자기가 참여한다고 해놓고, 책가방 소녀 때와 이번에
건강을 해쳐 폐와 걱정을 끼치고 말았습니다. 죄송합니다…!
하지만 이 10년 동안, 정말 행복했습니다…! 독자 여러분, 끝까지 읽어주셔서 감사합니다!

원작 일러스트레이터 미조구치 케이지

■ 애니 구성 각본가 후기

청춘 돼지 최종장, 정말 가슴이 떨리는 내용이었습니다.

그러고 보니 제 본가의 어린이 방 천장에도, 얼굴이 있었습니다.

어릴 적에 살던 집은 철거됐습니다만, 철거하기 전에 아직 얼굴이 남아있는지 확인할 걸 그랬어요.

자기 자신을 되돌아보니, 사춘기를 심하게 앓았던 기억이 없습니다. 하지만 실은 한창 겪고 있어서 눈치채지 못했을 뿐, 객관적으로 보면 심하게 앓았을지도 모르겠습니다.

그 시절에 본 영화나 소설 및 만화를 어른이 되어서 다시 접해보면, 옛날에는 왜 그렇게 감동한 거지? 라는 생각이 들 정도로 이해가 안 될 때가 있습니다. 그 또한 『천장 귀신』 같은 것이 아닐까, 하고 문득 생각했습니다.

이 작품에 끝까지 관여할 수 있어서 정말 기쁩니다.

정말 감사합니다.

『청춘 돼지』 시리즈 애니메이션 구성·각본 요코타니 마사히로

아즈사가와 사쿠타란 소년의 첫인상은 잊었지만, 「바니걸 선배의 꿈을 꾸지 않는다」를 끝까지 읽은 저는 그에게 틀림 없이 흥미를 느꼈습니다.

분위기 따위 읽을까 보냐! 란 그의 태도는 마음에 들었습니다. 그리고 제 학창 시절을 돌이켜보니 사쿠타처럼 공격적이지는 않았지만, 왠지 남들과 똑같고 싶지 않아……라는 마음으로 학생의 본분인 공부를 하지 않고 나태하게 하루하루를 보냈습니다. 그래서 주위와 거리를 두는 그의 태도에 공감할 수 있었습니다.

그렇기에 일이라고는 하지만 청춘 돼지의 애니메이션화에 저는 몰두했고, 이 일을 오랫동안 맡아온 것에 행복을 느꼈습니다.

애니메이션 제작에서는 「각본 협의」라고 하는 각본 개발 회의가 있는데, 카모시다 씨는 그 모든 회의에 참여하며 저와 각본가인 요코타니 씨의 질문 공세에 항상 웃으며 대응해주셨습니다.

그러니까 저희는 독자 여러분께서 부러워할 카모시다 하지메 단독 인터뷰를, 매주 한 겁니다. 그것은 애매한 표현을

용납하지 않는 청춘 돼지의 세밀한 묘사를 애니메이션에서 재현하기 위해서 꼭 필요한 탐문조사였습니다.

예를 들자면, 높디높은 산의 무산소 단독 등정에 성공한 카모시다 씨가 쓴 소설이란 형태의 가이드북을 해석하면서, 저와 스태프는 같은 루트로 산의 등정에 도전하는 겁니다. 하지만 매주 각본 협의를 하러 온 카모시다 씨는 이미 하산 중이기에, 이제부터 산을 올라야 하는 저희의 눈앞에 그가 있었다고도, 없었다고도 말할 수 있습니다. 이른바 슈뢰딩거의 카모시다 씨였죠.

청춘 돼지 소설은 끝나도, 사쿠타와 마이 씨들의 나날은 앞으로도 계속될 겁니다.

그리고, 제가 청춘 돼지 집필을 마친 카모시다 선생님께 올리고 싶은 말은…….

"카모시다 선생님, 청춘 돼지 완결 축하드립니다. 청춘 돼지를 세상에 내주셔서 감사합니다. 수고 많으셨습니다…!!!"

…라고 말씀드리고 싶습니다만, 「아니, 잠깐만요」 싶다고나 할까요. 그러니까….

이건 아니잖아, 란 생각이 드는 건 과연 저뿐인가요?

「아니, 마지막은 신혼여행으로 끝내야죠」라든가…….

「어, 잠깐만요. 리오는 이제 어떻게 되는 건데요?」라든가, 「토모에가 졸업 후에 어떻게 되는지 알고 싶은데요」, 「노도카

도 선생님이 되는 건가요?」, 「카에데는 어디에 취직하나요?」,
「어……, 미오리와 사쿠타는요……」"
　……같은 뒷 내용이 알고 싶지 않습니까? 독자 여러분.
　실은 저도 같은 마음입니다.

　『청춘 돼지』 시리즈 애니메이션 감독 마스이 소이치

안녕하십니까. 근로청년 번역가 이승원입니다.
『청춘 돼지는 디어 프렌드의 꿈을 꾸지 않는다』를 구매해 주셔서 진심으로 감사드립니다.

독자 여러분, 청춘 돼지 시리즈를 끝까지 함께 해주셔서 정말 감사드립니다.

일본에서는 2014년, 한국에서는 2015년에 첫 권인 『청춘 돼지는 바니걸 선배의 꿈을 꾸지 않는다』가 나오면서 시작된 이 시리즈는 15권에 걸친 대장정을 드디어 마쳤습니다.

번역 의뢰를 받고 접한 이 작품에 빠져서 저 또한 팬이 됐고, 일본에 가서 TV애니메이션 첫 화를 본방 사수했을 뿐만 아니라 극장판은 두 번이나 일본에 가서 봤습니다.

이 작품은 누구나 겪게 되는 사춘기의 기묘한 이야기라는 틀 속에서, 아즈사가와 사쿠타라는 주인공을 통해 다양한 히로인과의 에피소드를 그려나갔습니다. 그 안에는 사춘기를 겪었던, 혹은 겪고 있는 이들이 공감할 수 있는 이야기가 많았습니다. 그래서 더 작품에 몰입했고, 등장인물들의 희로애락에 더욱 와닿았던 것 같습니다.

정말 좋아한 이 작품이 끝을 맞이한다는 사실이 아쉽지

않다면 거짓말이지만, 작가님께서는 이 최종권에서 등장인물들과 작별 인사를 할 수 있는 자리를 마련해주셨습니다. 그것은 곧 사춘기의 마침표를 의미하며, 작가님께서는 이 기묘한 이야기를 추억으로 간직하면 된다는 해답 또한 제시해 주셨죠.

독자 여러분께서도 이 멋진 작품과의 추억에 아름다운 마침표를 찍으시길 진심으로 빕니다!

……그리고 다행인 건, 아직 청춘돼지 대학편 애니메이션이 남아있다는 겁니다!

그들과의 재회를 고대하며, 올해도 파이팅하겠습니다!

그럼 이만 줄이겠습니다.

L노벨 편집부 여러분. 청춘 돼지 시리즈라는 재미있는 작품을 맡겨주서서 정말 감사드립니다. 앞으로도 잘 부탁드립니다!

부산 깡통 시장 쪽에서 야간에 퇴근하는 악우여. 깡통시장 맛집 탐방 사진만 올리지 말고, 나도 좀 사다 달라고! 옛날식 통닭 같은 건 나도 환장한단 말이다~!!

마지막으로 항상 제 버팀목이 되어주시는 어머니와 『청춘 돼지』 시리즈를 읽어주신 모든 분께 진심으로 감사드립니다.

또 다른 작품의 역자 후기 코너에서 다시 뵐 수 있기를 진심으로 빕니다!

2025년 2월 초
역자 이승원 올림

청춘 돼지는 디어 프렌드의 꿈을 꾸지 않는다 15

초판 1쇄 발행 2025년 4월 10일

지은이_ Hajime Kamoshida
일러스트_ Keji Mizoguchi
옮긴이_ 이승원

발행인_ 최원영
본부장_ 장혜경
편집장_ 김승신
편집진행_ 권세라 · 최혁수 · 김경민 · 최정민
커버디자인_ 양우연
국제업무_ 박진해 · 조은지 · 남궁명일
관리 · 영업_ 김민원 · 조은걸

펴낸곳_ (주)디앤씨미디어
등록_ 2002년 4월 25일 제20-260호
주소_ 서울시 구로구 디지털로 32길 30, 코오롱디지털타워빌란트 1301-1308호
전화_ 02-333-2513(대표)
팩시밀리_ 02-333-2514
이메일_ lnovellove@naver.com
ㄴ노벨 공식 카페_ http://cafe.naver.com/lnovel11

SEISHUN BUTA YARO WA DEARFRIEND NO YUME WO MINAI Vo.15
©Hajime Kamoshida 2024
Edited by 전격 문고
First published in Japan in 2024 by KADOKAWA CORPORATION, Tokyo.
Korean translation rights arranged with KADOKAWA CORPORATION, Tokyo.

ISBN 979-11-278-8152-8 04830
ISBN 979-11-86906-06-4 (세트)

값 8,500원

VTuber인데 방송 끄는 걸 깜빡했더니 전설이 되어있었다 1~7권

나나토 나나 지음 | 시오 카즈노코 일러스트 | 박경용 옮김

화려한 VTuber가 다수 소속된 대형 운영회사 라이브온.
그곳의 3기생이며 『청초』 VTuber인 코코로네 아와유키.
"역시 롱캔 따는 소리는 최고야!"
"응? 완전 꼴리거든?"
"내가 마마가 될 거야!"
하지만 그녀의 부주의로 방송을 제대로 안 끈 결과,
본래 성격(주정뱅이, 호색, 청초(VTuber))을 드러내고 마는데?!
"클립 엄청 따갔어?! 트렌드 세계1위?! 동시 시청자 수 실화냐고!!!"
이게 웬일, 갭이 호평을 받으며 인기 대폭발!
그 결과…… "으랏차—! 방송 시작한드아!"

모든 걸 내려놓은 그녀는, 대인기 VTuber의 길을 달려간다!!

©Usa Haneda, U35 2023 / KADOKAWA CORPORATION

일주일에 한 번 클래스메이트를 사는 이야기 1~3권

하네다 우사 지음 | U35(우미쿄) 일러스트 | 이소정 옮김

그녀— 미야기는 이상하다. 일주일에 한 번 오천 엔으로 나에게 명령할 권리를 산다.
같이 게임을 하거나 과자를 먹여달라고 하거나,
가끔씩 기분에 따라서는 위험한 명령을 내리기도 한다.
비밀을 공유하기 시작한 지 벌써 반년이 지났지만,
그녀는 「우리는 친구가 아니야」라고 말한다.
저기, 미야기. 이게 우정이 아니라면 우리는 무슨 관계야?

그 사람— 센다이가 아니면 안 되는 이유는, 지금도 딱히 없다.
내 우연한 변덕에 그녀가 따라줬다. 단지 그뿐.
그래서 나는 어떤 명령도 거부하지 않는 그녀를 오늘도 시험한다.
……내년 봄, 만약 다른 반이 되더라도, 그녀는 이 관계를 계속 이어가줄까.
지금은 그게 조금 신경 쓰인다.